季羡林 等著

晴耕雨读，
得闲饮茶

U0370812

华中科技大学出版社
http://press.hust.edu.cn
中国·武汉

图书在版编目(CIP)数据

晴耕雨读,得闲饮茶/季羡林等著. —武汉:华中科技大学出版社,2023.4
(2025.3重印)
ISBN 978-7-5680-9113-8

Ⅰ.①晴… Ⅱ.①季… Ⅲ.①散文集-中国-当代 Ⅳ.①I267

中国国家版本馆CIP数据核字(2023)第019822号

晴耕雨读,得闲饮茶 季羡林 等著
Qinggeng Yudu, Dexian Yincha

策划编辑:娄志敏
责任编辑:娄志敏
封面设计:三形三色
责任校对:李 琴
责任监印:朱 玢
出版发行:华中科技大学出版社(中国·武汉)   电话:(027)81321913
         武汉市东湖新技术开发区华工科技园   邮编:430223
印　　刷:湖北新华印务有限公司
开　　本:880mm×1230mm　1/32
印　　张:7.5
字　　数:158千字
版　　次:2025年3月第1版第9次印刷
定　　价:49.80元

本书若有印装质量问题,请向出版社营销中心调换
全国免费服务热线:400-6679-118　竭诚为您服务
版权所有　侵权必究

　　秋高气爽,风日晴和的早晨,你且骑着一匹驴子,上西山八大处或玉泉山碧云寺去走走看;山上的红柿,远处的烟树人家,郊野里的芦苇黍稷,以及在驴背上驮着生果进城来卖的农户佃家,包管你看一个月也不会看厌。

我们于日用必需的东西以外,必须还有一点无用的游戏与享乐,生活才觉得有意思。我们看夕阳,看秋河,看花,听雨,闻香,喝不求解渴的酒,吃不求饱的点心,都是生活上必要的——虽然是无用的装点,而且是愈精炼愈好。

花开也是常有的事,开花有香气更是司空见惯。但是,在这样一个时候,这样一个地方,有这样的花,有这样的香,我就觉得很不寻常;有花香慰我寂寥,我甚至有一些近乎感激的心情了。

"万物静观皆自得，四时佳兴与人同。"唯静，才能观照万物，对于人间生活充满盎然的兴致。静是顺乎自然，也是合乎人道的。

爱一物，是兼爱它的明暗两方面。否，没有暗的明是不明的，是不可爱的。

纵浪大化中,不喜亦不惧,应尽便须尽,无复独多虑。

目 录

第一章
山中何事？松花酿酒，春水煎茶

《菜根谭》所谓"花看半开，酒饮微醺"的趣味，才是最令人低徊的境界。

喝茶	…… 梁实秋	003
饮酒	…… 梁实秋	008
泡茶馆	…… 汪曾祺	013
北京的茶食	…… 周作人	024
吃酒	…… 丰子恺	026
湖畔夜饮	…… 丰子恺	032

第二章
四时佳兴,可与人同

东风三月烟花好,凉意千山云树幽,冬最无情今归去,明朝又得及春游。

北平的春天 …… 周作人 041

夏天 …… 汪曾祺 045

扬州的夏日 …… 朱自清 049

秋 …… 丰子恺 053

故都的秋 …… 郁达夫 058

济南的冬天 …… 老舍 062

江南的冬景 …… 郁达夫 065

北平的四季 …… 郁达夫 070

第三章
陌上花开,可缓缓归矣

我爱繁花老干的杏,临风婀娜的小红桃,贴梗累累如珠的紫荆;但最恋恋的是西府海棠。

人间草木 …… 汪曾祺 081

马缨花 …… 季羡林 087

养花 …… 老　舍 093

看花 …… 朱自清 096

荷塘月色 …… 朱自清 102

杨柳 …… 丰子恺 106

第四章
吹灭读书灯,一身都是月

枕上诗书闲处好,门前风景雨来佳。

天下第一好事,还是读书 …… 季羡林 113

读书的经验 …… 周作人 116

入厕读书 …… 周作人 120

读书 …… 老 舍 126

写字 …… 老 舍 131

买书 …… 朱自清 135

三家书店 …… 朱自清 139

第五章
四方食事,人间烟火

我不爱逛商店,爱逛菜市。看看那些碧绿生青、新鲜水灵的瓜菜,令人感到生之喜悦。

馋	…… 梁实秋	153
酸梅汤与糖葫芦	…… 梁实秋	158
做饭	…… 汪曾祺	162
五味	…… 汪曾祺	166
故乡的野菜	…… 周作人	172
南北的点心	…… 周作人	175
吃的	…… 朱自清	182
饮食男女在福州	…… 郁达夫	188

第六章
几时归去，作个闲人

人类最高理想应该是人人能有闲暇，于必须的工作之余还能有闲暇去做人，有闲暇去做人的工作，去享受人的生活。

不完满才是人生 …… 季羡林 199

八十述怀 …… 季羡林 202

"住"的梦 …… 老 舍 208

闲居 …… 丰子恺 212

山水间的生活 …… 丰子恺 216

闲暇 …… 梁实秋 220

无事此静坐 …… 汪曾祺 224

第一章

山中何事？松花釀酒，
春水煎茶

喝茶 / 梁实秋

我不善品茶，不通茶经，更不懂什么茶道，从无两腋之下习习生风的经验。但是，数十年来，喝过不少茶，北平的双窨、天津的大叶、西湖的龙井、六安的瓜片、四川的沱茶、云南的普洱、洞庭湖的君山茶、武夷山的岩茶，甚至不登大雅之堂的茶叶梗与满天星随壶净的高末儿，都尝试过。茶是我们中国人的饮料，口干解渴，惟茶是尚。茶字，形近于荼，声近于槚，来源甚古，流传海外，凡是有中国人的地方就有茶。人无贵贱，谁都有份，上焉者细啜名种，下焉者牛饮茶汤，甚至路边埂畔还有人奉茶。北人早起，路上相逢，辄问讯："喝茶末？"茶是开门七件事之一，乃人生必需品。

孩提时，屋里有一把大茶壶，坐在一个有棉衬垫的藤箱里，相当保温，要喝茶自己斟。我们用的绿豆碗，这种碗大号的是饭碗，小号的是茶碗，作绿豆色，粗糙耐用，当然和宋瓷不能比，和江西瓷不能比，和洋瓷也不能比，可是有一股朴实厚重的风貌。现在这种碗早已绝迹，我很怀念。这种碗打破了不值几文钱，脑勺子上也不至于挨巴掌。银托白瓷小盖碗是祖父母专用的，我们看着并不羡慕。看那小小的一盏，两口就喝光，泡两三回就得换茶叶，多麻烦。如今盖碗很少见了，除非是到台北故宫博物院拜会蒋院长，他那大客厅里总是会端出盖碗茶敬客。再不就是在电视剧中也常看见有盖碗茶，可是演员一手执盖一手执碗缩着脖子啜茶那副狼狈相，令人发噱，因为他不知道盖碗茶应该是怎样的喝法。他平素自己喝茶大概一直是用玻璃杯、保温杯之类，如今，我们此地见到的盖碗，多半是近年来本地制造的"万寿无疆"的那种样式，瓷厚了一些；日本制的盖碗，样式微有不同，总觉得有些怪怪的。近有人回大陆，顺便探视我的旧居，带来我三十多年前天天使用的一只瓷盖碗，原是十二套，只剩此一套了，碗沿还有一点磕损，睹此旧物，勾起往日的心情，不禁黯然。盖碗究竟是最好的茶具。

茶叶品种繁多，各有擅场。有友来自徽州，同学清华。徽州产茶胜地，但是他看到我用一撮茶叶放在壶里沏茶，表示惊讶，因为他只知道茶叶是烘干打包捆载上船沿江运到沪杭求售，剩下来的茶梗才是家人饮用之物。恰如北人所谓"卖席的睡凉炕"。我平素喝茶，不是香片就是龙井，多次到大栅栏东鸿记或

第一章　山中何事？松花酿酒，春水煎茶

西鸿记去买茶叶，在柜台前面一站，徒弟搬来凳子让坐，看伙计秤茶叶，分成若干小包，包得见棱见角，那份手艺只有药铺伙计可以媲美。茉莉花窨过的茶叶，临卖的时候再抓一把鲜茉莉花放在表面上，所以叫作双窨。于是茶店里经常是茶香花香，郁郁菲菲。父执有名玉贵者，旗人，精于饮馔，居恒以一半香片一半龙井混合沏之，有香片之浓馥，兼龙井之苦清。吾家效而行之，无不称善。茶以人名，乃径呼此茶为"玉贵"。私家秘传，外人无由得知。

其实，清茶最为风雅。抗战前造访知堂老人于苦茶庵，主客相对总是有清茶一盂，淡淡的、涩涩的、绿绿的。我曾屡侍先君游西子湖，从不忘记品尝当地的龙井，不需要攀登南高峰凤篁岭，近处平湖秋月就有上好的龙井茶，开水现冲，风味绝佳。茶后进藕粉一碗，四美俱矣。正是"穿牖而来，夏日清风冬日日；卷帘相见，前山明月后山山"（骆成骧联）。有朋自六安来，贻我瓜片少许，叶大而绿，饮之有荒野的气息扑鼻。其中西瓜茶一种，真有西瓜风味。我曾过洞庭，舟泊岳阳楼下，购得君山茶一盒。沸水沏之，每片茶叶均如针状直立漂浮，良久始舒展下沉，品味清香不俗。

初来台湾，粗茶淡饭，颇想倾阮囊之所有在饮茶一端偶作豪华之享受。一日过某茶店，索上好龙井，店主将我上下打量，

晴耕雨读，得闲饮茶

取八元一斤之茶叶以应，余示不满，乃更以十二元者奉上，余仍不满，店主勃然色变，厉声曰："买东西，看货色，不能专以价钱定上下。提高价格，自欺欺人耳！先生奈何不察？"我爱其憨直。现在此茶店门庭若市，已成为业中之翘楚。此后我饮茶，但论品味，不问价钱。

茶之以浓酽胜者莫过于功夫茶。《潮嘉风月记》说功夫茶要细炭初沸连壶带碗泼浇，斟而细呷之，气味芳烈，较嚼梅花更为清绝。我没嚼过梅花，不过我旅居青岛时有一位潮州澄海朋友，每次聚饮酩酊，辄相偕走访一潮州帮巨商于其店肆。肆后有密室，烟具、茶具均极考究，小壶小盅有如玩具。更有娈婉卯童伺候煮茶、烧烟，因此经常饱吃功夫茶，诸如铁观音、大红袍，吃了之后还携带几匣回家。不知是否故弄玄虚，谓炉火与茶具相距以七步为度，沸水温度方合标准。举小盅而饮之，若饮罢径自返盅于盘，则主人不悦，须举盅至鼻头猛嗅两下。这茶最有解酒之功，如嚼橄榄，舌根微涩，数巡之后，好像是越喝越渴，欲罢不能。喝功夫茶，要有工夫，细呷细品，要有设备，要人服侍，如今乱糟糟的社会里谁有那么多的工夫？红泥小火炉哪里去找？伺候茶汤的人更无论矣。普洱茶，漆黑一团，据说也有绿色者，泡烹出来黑不溜秋，粤人喜之。在北平，我只在正阳楼看人吃烤肉，吃得口滑肚子膨脖不得动弹，才高

第一章 山中何事？松花酿酒，春水煎茶

呼堂倌泡普洱茶。四川的沱茶亦不恶，惟一般茶馆应市者非上品。台湾的乌龙，名震中外，大量生产，佳者不易得。处处标榜冻顶，事实上哪里有那么多的冻顶？

喝茶，喝好茶，往事如烟。提起喝茶的艺术，现在好像谈不到了，不提也罢。

饮酒 /梁实秋

酒实在是妙。几杯落肚之后就会觉得飘飘然、醺醺然。平素道貌岸然的人，也会绽出笑脸；一向沉默寡言的人，也会议论风生。再灌下几杯之后，所有的苦闷烦恼全都忘了，酒酣耳热，只觉得意气飞扬，不可一世，若不及时知止，可就难免玉山颓欹，剔吐纵横，甚至撒疯骂座，以及种种的酒失酒过全部的呈现出来。莎士比亚的《暴风雨》里的卡力班，那个象征原始人的怪物，初尝酒味，觉得妙不可言，以为把酒给他喝的那个人是自天而降，以为酒是甘露琼浆，不是人间所有物。美洲印第安人初与白人接触，就是被酒所倾倒，往往不惜举土地畀人以交换一些酒浆。印第安人的衰灭，至少一部分是由于他们的荒腆于酒。

我们中国人饮酒，历史久远。发明酒者，一说是仪狄，又说是杜康。仪狄夏朝人，杜康周朝人，相距很远，总之是无可稽考。也许制酿的原料不同、方法不同,所以仪狄的酒未必就是杜康的酒。《尚书》有《酒诰》之篇,谆谆以酒为戒,一再的说"祀兹酒"(停止这样的喝酒),"无彝酒"(勿常饮酒),想见古人饮酒早已相习成风,而且到了"大乱丧德"的地步。三代以上的事多不可考,不过从汉起就有酒榷之说,以后各代因之,都是课税以裕国帑,并没有寓禁于征的意思。酒很难禁绝,美国1920年起实施酒禁,雷厉风行,依然到处都有酒喝。当时笔者道出纽约,有一天友人邀我食于某中国餐馆,入门直趋后室,索五加皮,开怀畅饮。忽警察闯入,友人止予勿惊。这位警察徐徐就座,解手枪,锵然置于桌上,索五加皮独酌,不久即伏案酣睡。1933年酒禁废,直如一场儿戏。民之所好,非政令所能强制。在我们中国,汉萧何造律:"三人以上无故群饮,罚金四两。"此律不曾彻底实行。事实上,酒楼妓馆处处笙歌,无时不飞觞醉月。文人雅士水边修禊,山上登高,一向离不开酒。名士风流,以为持螯把酒,便足了一生;甚至于酗饮无度,扬言"死便埋我",好像大量饮酒不是什么不很体面的事,真所谓"酗于酒德"。

对于酒,我有过多年的体验。第一次醉是在六岁的时候,侍先君饭于致美斋(北平煤市街路西)楼上雅座,窗外有一棵不知名的大叶树,随时簌簌作响。连喝几盅之后,微有醉意,先君禁我再喝，我一声不响站立在椅子上舀了一匙高汤，泼在他的一件两截衫上。随后我就倒在旁边的小木炕上呼呼大睡，回家之后才醒。我的父母都喜欢酒，所以我一直都有喝酒的机会。"酒有别肠，不必长大"，语见《十国春秋》，意思是说酒量的大小与身体的大小不必成正比例，壮健者未必能饮，瘦小者也许能鲸吸。我小时候就是瘦弱如一根绿豆芽。酒量是可以慢慢磨练出来的，不过有其极限。我的酒量不大，我也没有亲见过一般人所艳称的那种所谓海量。古代传说"文王饮酒千盅，孔子百觚"，王充《论衡·语增篇》就大加驳斥，他说："文王之身如防风之君，孔子之体如长狄之人，乃能堪之。"且文王孔子率礼之人也，何至于醉酗乱身？就我孤陋的见闻所及，无论是"青州从事"或"平原督邮"，大抵白酒一斤或黄酒三五斤即足以令任何人头昏目眩粘牙倒齿。惟酒无量，以不及于乱为度，看各人自制力如何耳。不为酒困，便是高手。

酒不能解忧，只是令人在由兴奋到麻醉的过程中暂时忘怀一切。即刘伶所谓"无思无虑，其乐陶陶"。可是酒醒之后，所谓"忧心如醒"，那份病酒的滋味很不好受，所付代价也不算小。我在青岛居住的时候，那地方背山面海，风景如画，在很多人心目中是最理想的卜居之所，惟一缺憾是很少文化背景，没有古迹耐人寻味，也没有适当的娱乐。看山观海，久了也会

第一章　山中何事？松花酿酒，春水煎茶

腻烦，于是呼朋聚饮，三日一小饮，五日一大宴，豁拳行令，三十斤花雕一坛，一夕而罄。七名酒徒加上一位女史，正好八仙之数，乃自命为酒中八仙。有时且结伙远征，近则济南，远则南京、北京，不自谦抑，狂言"酒压胶济一带，拳打南北二京"，高自期许，俨然豪气干云的样子。当时作践了身体，这笔账日后要算。一日，胡适之先生过青岛小憩，在宴席上看到八仙过海的盛况大吃一惊，急忙取出他太太给他的一个金戒指，上面镌有"戒"字，戴在手上，表示免战。过后不久，胡先生就写信给我说："看你们喝酒的样子，就知道青岛不宜久居，还是到北京来吧！"我就到北京去了。现在回想当年酗酒，哪里算得是勇，直是狂。

酒能削弱人的自制力，所以有人酒后狂笑不止，也有人痛哭不已，更有人口吐洋语滔滔不绝，也许会把平凤不敢告人之事吐露一二，甚至把别人的阴私也当众抖露出来。最令人难堪的是强人饮酒，或单挑，或围剿，或投下井之石，千方百计要把别人灌醉，有人诉诸武力，捏着人家的鼻子灌酒！这也许是人类长久压抑下的一部分兽性之发泄，企图获取胜利的满足，比拿起石棒给人迎头一击要文明一些而已。那咄咄逼人的声嘶力竭的豁拳，在赢拳的时候，那一声拖长了的绝叫，也是表示内心的一种满足。在别处得不到满足，就让他们在聚饮的时候

如愿以偿吧!只是这种闹饮,以在有隔音设备的房间里举行为宜,免得侵扰他人。

《菜根谭》所谓"花看半开,酒饮微醺"的趣味,才是最令人低徊的境界。

泡茶馆 /汪曾祺

"泡茶馆"是联大学生特有的语言。本地原来似无此说法，本地人只说"坐茶馆"。"泡"是北京话。其含义很难准确地解释清楚。勉强解释，只能说是持续长久地沉浸其中，像泡泡菜似的泡在里面。"泡蘑菇""穷泡"，都有长久的意思。北京的学生把北京的"泡"字带到了昆明，和现实生活结合起来，便创造出一个新的语汇。"泡茶馆"，即长时间地在茶馆里坐着。本地的"坐茶馆"也含有时间较长的意思。到茶馆里去，首先是坐，其次才是喝茶（云南叫吃茶）。不过联大的学生在茶馆里坐的时间往往比本地人长，长得多，故谓之"泡"。

有一个姓陆的同学，是一怪人，曾经骑自行车旅行半个中国。这人真是一个泡茶馆的冠军。他有一个时期，整天在一家熟识的茶馆里泡着。他的盥洗用具就放在这家茶馆里。一起来就到茶馆里去洗脸刷牙，然后坐下来，泡一碗茶，吃两个烧饼，看书。一直到中午,起身出去吃午饭。吃了饭,又是一碗茶,直到吃晚饭。晚饭后,又是一碗,直到街上灯火阑珊,才夹着一本很厚的书回宿舍睡觉。

昆明的茶馆共分几类,我不知道。大别起来,只能分为两类,一类是大茶馆,一类是小茶馆。

正义路原先有一家很大的茶馆,楼上楼下,有几十张桌子。都是荸荠紫漆的八仙桌,很鲜亮。因为在热闹地区,坐客常满,人声嘈杂。所有的柱子上都贴着一张很醒目的字条:"莫谈国事"。时常进来一个看相的术士,一手捧一个六寸来高的硬纸片,上书该术士的大名(只能叫作大名,因为往往不带姓,不能叫"姓名";又不能叫"法名""艺名",因为他并未出家,也不唱戏),一只手捏着一根纸媒子,在茶桌间绕来绕去,嘴里念说着"送看手相不要钱!""送看手相不要钱"——他手里这根媒子即是看手相时用来指示手纹的。

这种大茶馆有时唱围鼓。围鼓即由演员或票友清唱。我很喜欢"围鼓"这个词。唱围鼓的演员、票友好像是不取报酬的。只是一群有同好的闲人聚拢来唱着玩。但茶馆却可借来招揽顾客,所以茶馆便于闹市张贴告条:"某月日围鼓"。到这样的茶馆里来一边听围鼓,一边吃茶,也就叫作"吃围鼓茶"。"围鼓"这个词大概是从四川来的,但昆明的围鼓似多唱滇剧。我在昆

第一章　山中何事？松花酿酒，春水煎茶

明七年，对滇剧始终没有入门。只记得不知什么戏里有一句唱词"孤王头上长青苔"。孤王的头上如何会长青苔呢？这个设想实在是奇绝，因此一听就永不能忘。

我要说的不是那种"大茶馆"。这类大茶馆我很少涉足，而且有些大茶馆，包括正义路那家兴隆鼎盛的大茶馆，后来大都陆续停闭了。我所说的是联大附近的茶馆。

从西南联大新校舍出来，有两条街，凤翥街和文林街，都不长。这两条街上至少有不下十家茶馆。

从联大新校舍，往东，折向南，进一座砖砌的小牌楼式的街门，便是凤翥街。街角右手第一家便是一家茶馆。这是一家小茶馆，只有三张茶桌，而且大小不等，形状不一的茶具也是比较粗糙的，随意画了几笔兰花的盖碗。除了卖茶，檐下挂着大串大串的草鞋和地瓜（即湖南人所谓的凉薯），这也是卖的。张罗茶座的是一个女人。这女人长得很强壮，皮色也颇白净。她生了好些孩子。身边常有两个孩子围着她转，手里还抱着一个。她经常敞着怀，一边奶着那个早该断奶的孩子，一边为客人冲茶。她的丈夫，比她大得多，状如猿猴，而目光锐利如鹰。他什么事情也不管，但是每天下午却捧了一个大碗喝牛奶。这个男人是一头种畜。这情况使我们颇为不解。这个白皙强壮的妇人，只凭一天卖几碗茶，卖一点草鞋、地瓜，怎么能喂饱了

这么多张嘴，还能供应一个懒惰的丈夫每天喝牛奶呢？怪事！中国的妇女似乎有一种天授的惊人的耐力，多大的负担也压不垮。

由这家往前走几步，斜对面，曾经开过一家专门招徕大学生的新式茶馆。这家茶馆的桌椅都是新打的，涂了黑漆。堂倌系着白围裙。卖茶用细白瓷壶，不用盖碗（昆明茶馆卖茶一般都用盖碗）。除了清茶，还卖沱茶、香片、龙井。本地茶客从门外过，伸头看看这茶馆的局面，再看看里面坐得满满的大学生，就会挪步另走一家了。这家茶馆没有什么值得一记的事，而且开了不久就关了。联大学生至今还记得这家茶馆是因为隔壁有一家卖花生米的。这家似乎没有男人，站柜卖货是姑嫂两人，都还年轻，成天涂脂抹粉。尤其是那个小姑子，见人走过，辄作媚笑。联大学生叫她花生西施。这西施卖花生米是看人行事的。好看的来买，就给得多。难看的给得少。因此我们每次买花生米都推选一个挺拔英俊的"小生"去。

再往前几步，路东，是一个绍兴人开的茶馆。这位绍兴老板不知怎么会跑到昆明来，又不知为什么在这条小小的凤翥街上来开一爿茶馆。他至今乡音未改。大概他有一种独在异乡为异客的情绪，所以对待从外地来的联大学生异常亲热。他这茶馆里除了卖清茶，还卖一点芙蓉糕、萨其玛、月饼、桃酥，都装一个玻璃匣子里。我们有时觉得肚子里有点缺空而又不到吃饭的时候，便到他这里一边喝茶一边吃两块点心。有一个善于吹口琴的姓王的同学经常在绍兴人茶馆喝茶。他喝茶，可以欠账。不但喝茶可以欠账，我们有时想看电影而没有钱，就由这位口琴专家出面向绍兴老板借一点。绍兴老板每次都是欣然地打开钱柜，拿出我们需要的数目。我们于是欢欣鼓舞，兴高采烈，迈开大步，直奔南屏电影院。

再往前，走过十来家店铺，便是凤翥街口，路东路西各有一家茶馆。

路东一家较小，很干净，茶桌不多。掌柜的是个瘦瘦的男人，有几个孩子。掌柜的事情多，为客人冲茶续水，大都由一个十三四岁的大儿子担任，我们称他这个儿子为"主任儿子"。街西那家又脏又乱，地面坑洼不平，一地的烟头、火柴棍、瓜子皮。茶桌也是七大八小，摇摇晃晃，但是生意却特别好，从早到晚，人坐得满满的。也许是因为风水好。这家茶馆正在凤翥街和龙翔街交接处，门面一边对着凤翥街，一边对着龙翔街，坐在茶馆两条街上的热闹都看得见。到这家吃茶的全部是本地人，本街的闲人、赶马的"马锅头"、卖柴的、卖菜的。他们都抽叶子烟。要了茶以后，便从怀里掏出一个烟盒——圆形，皮制的，外面涂着一层黑漆，打开来，揭开覆盖着的菜叶，拿出剪好的金堂叶子，一支一支地卷起来。茶馆的墙壁上张贴、涂

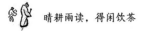

抹得乱七八糟。但我却于西墙上发现了一首诗,一首真正的诗:

记得旧时好,
跟随爹爹去吃茶。
门前磨螺壳,
巷口弄泥沙。

是用墨笔题写在壁上的。这使我大为惊异了。这是什么人写的呢?

每天下午,有一个盲人到这家茶馆来卖唱。他打着扬琴,说唱着。照现在的说法,这应是一种曲艺,但这种曲艺该叫什么名称,我一直没有打听着。我问过"主任儿子",他说是"唱扬琴的",我想不是。他唱的是什么?我有一次特意站下来听了一会,是:

……
良田美地卖了,
高楼大厦拆了,
娇妻美妾跑了,
狐皮袍子当了

第一章　山中何事？松花酿酒，春水煎茶

……

我想了想，哦，这是一首劝戒鸦片的歌，他这唱的是鸦片烟之为害。这是什么时候传下来的呢？说不定是林则徐时代某一忧国之士的作品。但是这个盲人只管唱他的，茶客们似乎都没在听，他们仍然在说话，各人想自己的心事。到了天黑，这个人背着扬琴，点着马杆，踽踽地走回家去。我常想：他今天能吃饱么？

进大西门，是文林街，挨着城门口就是一家茶馆。这是一家最无趣味的茶馆。茶馆墙上的镜框里装的是美国电影明星的照片，蓓蒂·黛维丝、奥丽薇·德·哈弗兰、克拉克·盖博、泰伦宝华……除了卖茶，还卖咖啡、可可。这家的特点是：进进出出的除了穿西服和麂皮夹克的比较有钱的男同学外，还有把头发卷成一根一根香肠似的女同学。有时到了星期六，还开舞会。茶馆的门关了，从里面传出《蓝色的多瑙河》和《风流寡妇》舞曲，里面正在"嘣嚓嚓"。

和这家斜对着的一家，跟这家截然不同。这家茶馆除卖茶，还卖煎血肠，这种血肠是牦牛肠子灌的，煎起来一街都闻见一种极其强烈的气味，说不清是异香还是奇臭。这种西藏食品，那些把头发卷成香肠一样的女同学是绝对不敢问津的。

晴耕雨读,得闲饮茶

由这两家茶馆,往东,不远几步,面南,便可折向钱局街。街上有一家老式的茶馆,楼上楼下,茶座不少。说这家茶馆是"老式"的,是因为茶馆备有烟筒,可以租用。一段青竹,旁安一个粗如小指半尺长的竹管,一头装一个带爪的莲蓬嘴,这便是"烟筒"。在莲蓬嘴里装了烟丝,点以纸媒,把整个嘴埋在筒口内,尽力猛吸,筒内的水咚咚作响,浓烟便直灌肺腑,顿时觉得浑身通泰。吸烟筒要有点功夫,不会吸的吸不出烟来。茶馆的烟筒比家用的粗得多,高齐桌面,吸完就靠在桌腿边,吸时尤需底气充足。这家茶馆门前,有一个小摊,卖酸角(不知什么树上结的,形状有点像皂荚,极酸,入口使人攒眉)、拐枣(也是树上结的,应该算是果子,状如鸡爪,一疙瘩一疙瘩的,有的地方即叫作鸡脚爪,味道很怪,像红糖,又有点像甘草)和泡梨(糖梨泡在盐水里,梨味本是酸甜的,昆明人却偏于盐水内泡而食之。泡梨仍有梨香,而梨肉极脆嫩)。过了春节则有人于门前卖葛根。葛根是药,我过去只在中药铺见过,切成四方的棋子块儿,是已经经过加工的了,原物是什么样子,我是在昆明才见到的。这种东西可以当零食来吃,我也是在昆明才知道。一截葛根,粗如手臂,横放在一块板上,外包一块湿布。给很少的钱,卖葛根的便操起有点像北京切涮羊肉的肉片用的那种薄刃长刀,切下薄薄的几片给你。雪白的,嚼起来有点像

第一章 山中何事？松花酿酒，春水煎茶

干瓢的生白薯片，而有极重的药味。据说葛根能清火。联大的同学大概很少人吃过葛根。我是什么奇奇怪怪的东西都要买一点尝一尝的。

　　大学二年级那一年，我和两个外文系的同学经常一早就坐在这家茶馆靠窗的一张桌边，各自看自己的书，有时整整坐一上午，彼此不交语。我这时才开始写作，我的最初几篇小说，即是在这家茶馆里写的。茶馆离翠湖很近，从翠湖吹来的风里，时时带有水浮莲的气味。

　　回到文林街。文林街中，正对府甬道，后来新开了一家茶馆。这家茶馆的特点一是卖茶用玻璃杯，不用盖碗，也不用壶。不卖清茶，卖绿茶和红茶。红茶色如玫瑰，绿茶苦如猪胆。第二是茶桌较少，且覆有玻璃桌面。在这样桌子上打桥牌实在是再适合不过了，因此到这家茶馆来喝茶的，大都是来打桥牌的，这茶馆实在是一个桥牌俱乐部。联大打桥牌之风很盛。有一个姓马的同学每天到这里打桥牌。解放后，我才知道他是老地下党员，昆明学生运动的领导人之一。学生运动搞得那样热火朝天，他每天都只是很闲在，很热衷地在打桥牌，谁也看不出他和学生运动有什么关系。

　　文林街的东头，有一家茶馆，是一个广东人开的，字号就叫"广发茶社"——昆明的茶馆我记得字号的只有这一家，原

因之一，是我后来住在民强巷，离广发很近，经常到这家去。原因之二是——经常聚在这家茶馆里的，有几个助教，研究生和高年级的学生。这些人多多少少有一点玩世不恭。那时联大同学常组织什么学会，我们对这些俨乎其然的学会微存嘲讽之意。有一天，广发的茶友之一说："咱们这也是一个学会，——广发学会！"这本是一句茶余的笑话。不料广发的茶友之一，解放后，在一次运动中被整得不可开交，胡乱交待问题，说他曾参加过"广发学会"。这就惹下了麻烦。几次有人专程到北京来外调"广发学会"问题。被调查的人心里想笑，又笑不出来，因为来外调的政工人员态度非常严肃。广发茶馆代卖广东点心。所谓广东点心，其实只是包了不同味道的甜馅的小小的酥饼，面上却一律贴了几片香菜叶子，这大概是这一家饼师的特有的手艺。我在别处吃过广东点心，就没有见过面上贴有香菜叶子的——至少不是每一块都贴。

或问：泡茶馆对联大学生有些什么影响？答曰：第一，可以养其浩然之气。联大的学生自然也是贤愚不等，但多数是比较正派的。那是一个污浊而混乱的时代，学生生活又穷困得近乎潦倒，但是很多人却能自许清高，鄙视庸俗，并能保持绿意葱茏的幽默感，用来对付恶浊和穷困，并不颓丧灰心，这跟泡茶馆是有些关系的。第二，茶馆出人才。联大学生上茶馆，并

第一章　山中何事？松花酿酒，春水煎茶

不是穷泡，除了瞎聊，大部分时间都是用来读书的。联大图书馆座位不多，宿舍里没有桌凳，看书多半在茶馆里。联大同学上茶馆很少不挟着一本乃至几本书的。不少人的论文、读书报告，都是在茶馆写的。有一年一位姓石的讲师的《哲学概论》期终考试，我就是把考卷拿到茶馆里去答好了再交上去的。联大八年，出了很多人才。研究联大校史，搞"人才学"，不能不了解联大附近的茶馆。第三，泡茶馆可以接触社会。我对各种各样的人、各种各样的生活都发生兴趣，都想了解了解，跟泡茶馆有一定关系。如果我现在还算一个写小说的人，那么我这个小说家是在昆明的茶馆里泡出来的。

一九八四年五月十三日

北京的茶食　　/周作人

在东安市场的旧书摊上买到一本日本文章家五十岚力的《我的书翰》，中间说起东京的茶食店的点心都不好吃了，只有几家如上野山下的空也，还做得好点心，吃起来馅和糖及果实浑然融合，在舌头上分不出各自的味来。

想起德川时代江户的二百五十年的繁华，当然有这一种享乐的流风余韵留传到今日，虽然比起京都来自然有点不及。

北京建都已有五百余年之久，论理于衣食住方面应有多少精微的造就，但实际似乎并不如此，即以茶食而论，就不曾知道什么特殊的有滋味的东西。

固然我们对于北京情形不甚熟悉，只是随便撞进一家饽饽铺里去买一点来吃，但是就撞过的经验来说，总没有很好吃的点心买到过。难道北京竟是没有好的茶食，还是有而我们不知道呢？这也未必全是为贪口腹之欲，总觉得住在古老的京城里

第一章 山中何事？松花酿酒，春水煎茶

吃不到包含历史的精炼的或颓废的点心是一个很大的缺陷。

北京的朋友们，能够告诉我两三家做得上好点心的饽饽铺么？

我对于二十世纪的中国货色，有点不大喜欢，粗恶的模仿品，美其名曰国货，要卖得比外国货更贵些。新房子里卖的东西，便不免都有点怀疑，虽然这样说好像遗老的口吻，但总之关于风流享乐的事我是颇迷信传统的。

我在西四牌楼以南走过，望着"异馥斋"的丈许高的独木招牌，不禁神往，因为这不但表示他是义和团以前的老店，那模糊阴暗的字迹又引起我一种焚香静坐的安闲而丰腴的生活的幻想。我不曾焚过什么香，却对于这件事很有趣味，然而终于不敢进香店去，因为怕他们在香盒上已放着花露水与日光皂了。

我们于日用必需的东西以外，必须还有一点无用的游戏与享乐，生活才觉得有意思。我们看夕阳，看秋河，看花，听雨，闻香，喝不求解渴的酒，吃不求饱的点心，都是生活上必要的——虽然是无用的装点，而且是愈精炼愈好。

可怜现在的中国生活，却是极端的干燥粗鄙，别的不说，我在北京彷徨了十年，终未曾吃到好点心。

吃酒　　/ 丰子恺

酒，应该说饮，或喝。然而我们南方人都叫吃。古诗中有"吃茶"，那么酒也不妨称吃。说起吃酒，我忘不了下述几种情境：

二十多岁时，我在日本结识了一个留学生，崇明人黄涵秋。此人爱吃酒，富有闲情逸致。我二人常常共饮。有一天风和日暖，我们乘小火车到江之岛去游玩。这岛临海的一面，有一片平地，芳草如茵，柳荫如盖，中间设着许多矮榻，榻上铺着红毡毯，和环境做成强烈的对比。我们两人踞坐一榻，就有束红带的女子来招待。"两瓶正宗，两个壶烧。"正宗是日本的黄酒，色香味都不亚于绍兴酒。壶烧是这里的名菜，日本名叫tsub-oyaki，是一种大螺蛳，名叫荣螺（sazae），约有拳头来大，壳上生许多刺，把刺修整一下，可以摆平，像三足鼎一样。把这大螺蛳烧杀，取出肉来切碎，再放进去，加入酱油等调味品，

第一章　山中何事？松花酿酒，春水煎茶

煮熟，就用这壳作为器皿，请客人吃。这器皿像一把壶，所以名为壶烧。其味甚鲜，确是侑酒佳品。用的筷子更佳：这双筷用纸袋套好，纸袋上印着"消毒割箸"四个字，袋上又插着一个牙签，预备吃过之后用的。从纸袋中拔出筷来，但见一半已割裂，一半还连接，让客人自己去裂开来。这木头是消毒过的，而且没有人用过，所以用时心地非常快适。用后就丢弃，价廉并不可惜。我赞美这种筷，认为是世界上最进步的用品。西洋人用刀叉，太笨重，要洗过方能再用；中国人用竹筷，也是洗过再用，很不卫生，即使是象牙筷也不卫生。日本人的消毒割箸，就同牙签一样，只用一次，真乃一大发明。他们还有一种牙刷，非常简单，到处杂货店发卖，价钱很便宜，也是只用一次就丢弃的。于此可见日本人很有小聪明。且说我和老黄在江之岛吃壶烧酒，三杯入口，万虑皆消。海鸟长鸣，天风振袖。但觉心旷神怡，仿佛身在仙境。老黄爱调笑，看见年青侍女，就和她搭讪，问年纪，问家乡，引起她身世之感，使她掉下泪来。于是临走多给小账，约定何日重来。我们又仿佛身在小说中了。

又有一种情境，也忘不了。吃酒的对手还是老黄，地点却在上海城隍庙里。这里有一家素菜馆，叫作春风松月楼，百年老店，名闻遐迩。我和老黄都在上海当教师，每逢闲暇，便相

约去吃素酒。我们的吃法很经济：两斤酒，两碗"过浇面"，一碗冬菇，一碗十景。所谓过浇，就是浇头不浇在面上，而另盛在碗里，作为酒菜。等到酒吃好了，才要面底子来当饭吃。人们叫别了，常喊作"过桥面"。这里的冬菇非常肥鲜，十景也非常入味。浇头的分量不少，下酒之后，还有剩余，可以浇在面上。我们常常去吃，后来那堂倌熟悉了，看见我们进去，就叫"过桥客人来了，请坐请坐！"现在，老黄早已作古，这素菜馆也改头换面，不可复识了。

另有一种情境，则见于患难之中。那年日本侵略中国，石门湾沦陷，我们一家老幼九人逃到杭州，转桐庐，在城外河头上租屋而居。那屋主姓盛，兄弟四人。我们租住老三的屋子，隔壁就是老大，名叫宝函。他有一个孙子，名叫贞谦，约十七八岁，酷爱读书，常常来向我请教问题，因此宝函也和我要好，常常邀我到他家去坐。这老翁年约六十多岁，身体很健康，常常坐在一只小桌旁边的圆鼓凳上。我一到，他就请我坐在他对面的椅子上，站起身来，揭开鼓凳的盖，拿出一把大酒壶来，在桌上的杯子里满满地斟了两盅；又向鼓凳里摸出一把花生米来，就和我对酌。他的鼓凳里装着棉絮，酒壶裹在棉絮里，可以保暖，斟出来的两碗黄酒，热气腾腾。酒是自家酿的，色香味都上等。我们就用花生米下酒，一面闲谈。谈的大都是关于

第一章 山中何事？松花酿酒，春水煎茶

他的孙子贞谦的事。他只有这孙子，很疼爱他。说"这小人一天到晚望书，身体不好……"望书即看书，是桐庐土白。我用空话安慰他，骗他酒吃。骗得太多，不好意思，我准备后来报谢他。但我们住在河头上不到一个月，杭州沦陷，我们匆匆离去，终于没有报谢他的酒惠。现在，这老翁不知是否在世，贞谦已入中年，情况不得而知。

最后一种情境，见于杭州西湖之畔。那时我僦居在里西湖招贤寺隔壁的小平屋里，对门就是孤山，所以朋友送我一副对联，叫作"居邻葛岭招贤寺，门对孤山放鹤亭"。家居多暇，则闲坐在湖边的石凳上，欣赏湖光山色。每见一中年男子，蹲在岸上，向湖边垂钓。他钓的不是鱼，而是虾。钓钩上装一粒饭米，挂在岸石边。一会儿拉起线来，就有很大的一只虾。其人把它关在一个瓶子里。于是再装上饭米，挂下去钓。钓得了三四只大虾，他就把瓶子藏入藤篮里，起身走了。我问他："何不再钓几只？"他笑着回答说："下酒够了。"我跟他去，见他走进岳坟旁边的一家酒店里，拣一座头坐下了。我就在他旁边的桌上坐下，叫酒保来一斤酒，一盆花生米。他也叫一斤酒，却不叫菜，取出瓶子来，用钓丝缚住了这三四只虾，拿到酒保烫酒的开水里去一浸，不久取出，虾已经变成红色了。他向酒保要一小碟酱油，就用虾下酒。我看他吃菜很省，一只虾要吃很久，

由此可知此人是个酒徒。

此人常到我家门前的岸边来钓虾。我被他引起酒兴,也常跟他到岳坟去吃酒。彼此相熟了,但不问姓名。我们都独酌无伴,就相与交谈。他知道我住在这里,问我何不钓虾。我说我不爱此物。他就向我劝诱,尽力宣扬虾的滋味鲜美,营养丰富。又教我钓虾的窍门。他说:"虾这东西,爱躲在湖岸石边。你倘到湖心去钓,是永远钓不着的。这东西爱吃饭粒和蚯蚓。但蚯蚓龌龊,它吃了,你就吃它,等于你吃蚯蚓。所以我总用饭粒。你看,它现在死了,还抱着饭粒呢。"他提起一只大虾来给我看,我果然看见那虾还抱着半粒饭。他继续说:"这东西比鱼好得多。鱼,你钓了来,要剖,要洗,要用油盐酱醋来烧,多少麻烦。这虾就便当得多:只要到开水里一煮,就好吃了。不须花钱,而且新鲜得很。"他这钓虾论讲得头头是道,我真心赞叹。

这钓虾人常来我家门前钓虾,我也好几次跟他到岳坟吃酒,彼此熟识了,然而不曾通过姓名。有一次,夏天,我带了扇子去吃酒。他借看我的扇子,看到了我的名字,吃惊地叫道:"啊!我有眼不识泰山!"于是叙述他曾经读过我的随笔和漫画,说了许多仰慕的话。我也请教他姓名,知道他姓朱,名字现已忘记,是在湖滨旅馆门口摆刻字摊的。下午收了摊,常到里西湖来钓虾吃酒。此人自得其乐，甚可赞佩。可惜不久我就离开杭州，远游他方，不再遇见这钓虾的酒徒了。

写这篇琐记时，我久病初愈，酒戒又开。回想上述情景，酒兴顿添。正是"昔年多病厌芳樽，今日芳樽唯恐浅"。

湖畔夜饮　　/丰子恺

前天晚上,四位来西湖游春的朋友,在我的湖畔小屋里饮酒。酒阑人散,皓月当空。湖水如镜,花影满堤。我送客出门,舍不得这湖上的春月,也向湖畔散步去了。柳荫下一条石凳,空着等我去坐。我就坐了,想起小时在学校里唱的春月歌:

春夜有明月,都作欢喜相。每当灯火中,团团清辉上。人月交相庆,花月并生光。有酒不得饮,举杯献高堂。

觉得这歌词,温柔敦厚,可爱得很!又念现在的小学生,唱的歌粗浅俚鄙,没有福分唱这样的好歌,可惜得很!回味那歌的最后两句,觉得我高堂俱亡,虽有美酒,无处可献,又感伤得很!三个"得很"逼得我立起身来,缓步回家。不然,恐怕把老泪掉在湖堤上,要被月魄花灵所笑了。

第一章 山中何事？松花酿酒，春水煎茶

回进家门，家中人说，我送客出门之后，有一上海客人来访，其人名叫CT①，住在葛岭饭店。家中人告诉他，我在湖畔看月，他就向湖畔去找我了。这是半小时以前的事，此刻时钟已指十时半。我想，CT找我不到，一定已经回旅馆去歇息了。当夜我就不去找他，管自睡觉了。第二天早晨，我到葛岭饭店去找他，他已经出门，茶役正在打扫他的房间。我留了一张名片，请他正午或晚上来我家共饮。正午，他没有来。晚上，他又没有来。料想他这上海人难得到杭州来，一见西湖，就整日寻花问柳，不回旅馆，没有看见我留在旅馆里的名片，我就独酌，照例倾尽一斤。

黄昏八点钟，我正在酣酌之余，CT来了。阔别十年，身经浩劫，他反而胖了，反而年轻了。他说我也还是老样子，不过头发白些。

十年离乱后，长大一相逢。问姓惊初见，称名忆旧容。

这诗句虽好，我们可以不唱，略略几句寒暄之后，我问他吃夜饭没有。他说，他是在湖滨吃了夜饭——也饮一斤酒——不回旅馆，一直来看我的。我留在他旅馆里的名片，他根本没

---
①CT即郑振铎。

晴耕雨读，得闲饮茶

有看到。我肚里的一斤酒，在这位青年时代共我在上海豪饮的老朋友面前，立刻消解得干干净净，清清醒醒。我说："我们再吃酒！"他说："好，不要什么菜蔬。"窗外有些微雨，月色朦胧，西湖不像昨夜的开颜发艳，却有另一种轻颦浅笑，温润静穆的姿态。昨夜宜于到湖边步月，今夜宜于在灯前和老友共饮。"夜雨剪春韭"，多么动人的诗句！可惜我没有家园，不曾种韭。即使我有园种韭，这晚上也不想去剪来和CT下酒。因为实际的韭菜，远不及诗中的韭菜的好吃。照诗句实行，是多么愚笨的事啊！

女仆端了一壶酒和四只盆子出来，酱鸡、酱肉、皮蛋和花生米，放在收音机旁的方桌上。我和CT就对坐饮酒。收音机上面的墙上，正好贴着一首我手写的数学家苏步青的诗："草草杯盘共一欢，莫因柴米话辛酸。春风已绿门前草，且耐余寒放眼看。"有了这诗，酒味特别的好。我觉得世间最好的酒肴，莫如诗句。而数学家的诗句，滋味尤为纯正。因为我又觉得，别的事都可有专家，而诗不可有专家。因为作诗就是做人。人做得好的，诗也作得好。倘说作诗有专家，非专家不能作诗，就好比说做人有专家，非专家不能做人，岂不可笑？因此，有些"专家"的诗，我不爱读。因为他们往往爱用古典，蹈袭传统，咬文嚼字，卖弄玄虚；扭扭捏捏，装腔作势；甚至神经过敏，

第一章　山中何事？松花酿酒，春水煎茶

出神见鬼。而非专家的诗，倒是直直落落，明明白白，天真自然，纯正朴茂，可爱得很。樽前有了苏步青的诗，桌上的酱鸡、酱肉、皮蛋和花生米，味同嚼蜡，唾弃不足惜了！

我和CT共饮，另外还有一种美味的酒肴，就是话旧。阔别十年，身经浩劫。他沦陷在孤岛上，我奔走于万山中。可惊可喜、可歌可泣的话，越谈越多。谈到酒酣耳热的时候，话声都变了呼号叫啸，把睡在隔壁房间里的人都惊醒。谈到二十余年前他在宝山路商务印书馆当编辑，我在江湾立达学园教课时的事。他要看看我的子女阿宝、软软和瞻瞻——《子恺漫画》里的三个主角，幼时他都见过的。瞻瞻现在叫作丰华瞻，正在北平北大研究院，我叫不到；阿宝和软软现在叫丰陈宝和丰宁馨，已经大学毕业而在中学教课了，此刻正在厢房里和她们的弟妹们练习平剧！我就喊她们来"参见"。CT用手在桌子旁边的地上比比，说："我在江湾看见你们时，只有这么高。"她们笑了，我们也笑了。这种笑的滋味，半甜半苦，半喜半悲。所谓"人生的滋味"，在这里可以浓烈地尝到。CT叫阿宝"大小姐"，叫软软"三小姐"。我说："《花生米不满足》《瞻瞻新官人，软软新娘子，宝姐姐做媒人》《阿宝两只脚，凳子四只脚》等画，都是你从我的墙壁上揭去，制了锌版在《文学周报》上发表的。你这老前辈对她们小孩子又有什么客气？依旧叫'阿宝''软

晴耕雨读，得闲饮茶

软'好了。"大家都笑。人生的滋味，在这里又浓烈地尝到了。但无话可说，我们就默默地干了两杯。我见CT的豪饮，不减二十余年前。我回忆起了二十余年前的一件旧事。有一天，我在日升楼前，遇见CT。他拉住我的手说："子恺，我们吃西菜去。"我说："好的。"他就同我向西走，走到新世界对面的晋隆西菜馆楼上，点了两客公司菜，外加一瓶白兰地。吃完之后，仆欧①送账单来。CT对我说："你身上有钱吗？"我说："有！"摸出一张五元钞票来，把账付了。于是一同下楼，各自回家——他回到闸北，我回到江湾。过了一天，CT到江湾来看我，摸出一张拾元钞票来，说："前天要你付账，今天我还你。"我惊奇而又发笑，说："账回过算了，何必还我？更何必加倍还我呢？"我定要把拾元钞票塞进他的西装袋里去，他定要拒绝。坐在旁边的立达同事刘薰宇，就过来抢了这张钞票去，说："不要客气，拿到新江湾小店里去吃酒吧！"大家赞成。于是号召了七八个人，夏丏尊先生、匡互生、方光焘都在内，到新江湾的小酒店里去吃酒。吃完这张拾元钞票时，大家都已烂醉了，此情此景，憬然在目。如今夏先生和匡互生均已作古，刘薰宇远在贵阳，方光焘不知又在何处。只有CT仍旧在这里和我共饮。这岂非人世难得之事！我们又浮两大白。

---
①仆欧，即侍者。

第一章 山中何事？松花酿酒，春水煎茶

夜阑饮散，春雨绵绵，我留CT宿在我家，他一定要回旅馆。我给他一把伞，看他的高大的身子在湖畔柳荫下的细雨中渐渐地消失了。我想："他明天不要拿两把伞来还我！"

一九四八年三月二十八日夜于湖畔小屋

第二章 / 四时佳兴,可与人同

北平的春天　　/ 周作人

北平的春天似乎已经开始了,虽然我还不大觉得。立春已过了十天,现在是七九六十三的起头了,布衲摊在两肩,穷人该有欣欣向荣之意。光绪甲辰即一九〇四年小除那时,我在江南水师学堂曾作一诗云:

一年倏就除,风物何凄紧。百岁良悠悠,向日催人尽。既不为大椿,便应如朝菌。一死息群生,何处问灵蠢。

但是第二天除夕我又做了这样一首云:

东风三月烟花好,凉意千山云树幽,冬最无情今归去,明朝又得及春游。

这诗是一样的不成东西，不过可以表示我总是很爱春天的。春天有什么好呢，要讲它的力量及其道德的意义，最好去查盲诗人爱罗先珂的抒情诗的演说，那篇世界语原稿是由我笔录，译本也是我写的，所以约略都还记得，但是这里眷录自然也更可不必了。春天的是官能的美，是要去直接领略的，关门歌颂一无是处，所以这里抽象的话暂且割爱。

且说我自己的关于春的经验，都是与游有相关的。古人虽说以鸟鸣春，但我觉得还是在别方面更感到春的印象，即是水与花木。迂阔地说一句，或者这正是活物的根本的缘故罢。小时候，在春天总有些出游的机会，扫墓与香市是主要的两件事，而通行只有水路，所在又多是山上野外，那么这水与花木自然就不会缺少的。

香市是公众的行事，禹庙南镇香炉峰为其代表。扫墓是私家的，会稽的乌石头调马场等地方至今在我的记忆中还是一种代表的春景。庚子年三月十六日的日记云：

晨坐船出东郭门，挽纤行十里，至绕门山，今称东湖，为陶心云先生所创修，堤计长二百丈，皆植千叶桃垂柳及女贞子各树，游人颇多。又三十里至富盛埠，乘兜轿过市行三里许，越岭，约千余级。山中映山红牛郎花甚多，又有蕉藤数株，着花蔚蓝色，状如豆花，结实即刀豆也，可入药。路旁皆竹林，竹萌之出土者粗于碗口而长仅二三寸，颇为可观。忽闻有声如鸡鸣，阁阁然，山谷皆响，问之轿夫，云系雉鸡叫也。又二里许过一溪，阔数丈，水没及骭，舁者乱流而渡，水中圆石颗颗，大如鹅卵，整洁可喜。行一二里至墓所，松柏夹道，颇称闳壮。方祭时，小雨簌簌落衣袂间，幸即晴霁。下山午餐，下午开船。将进城门，忽天色如墨，雷电并作，大雨倾注，至家不息。

旧事重提，本来没有多大意思，这里只是举个例子，说明我春游的观念而已。我们本是水乡的居民，平常对于水不觉得怎么新奇，要去临流赏玩一番，可是生平与水太相习了，自有一种情分，仿佛觉得生活的美与悦乐之背景里都有水在，由水而生的草木次之，禽虫又次之。我非不喜禽虫，但它总离不了草木，不但是吃食，也实是必要的寄托，盖即使以鸟鸣春，这鸣也得在枝头或草原上才好，若是雕笼金锁，无论怎样的鸣得起劲，总使人听了索然兴尽也。

话休烦絮。到底北京的春天怎么样了呢？老实说，我住在北京和北平已将二十年，不可谓不久矣，对于春游却并无什么经验。妙峰山虽热闹，尚无暇瞻仰，清明郊游只有野哭可听耳。北平缺少水气，使春光减了成色，而气候变化稍剧，春天似不

晴耕雨读,得闲饮茶

曾独立存在,如不算它是夏的头,亦不妨称为冬的尾,总之风和日暖让我们着了单袷可以随意徜徉的时候是极少,刚觉得不冷就要热了起来了。不过这春的季候自然还是有的。第一,冬之后明明是春,且不说节气上的立春也已过了。第二,生物的发生当然是春的证据,牛山和尚诗云,春叫猫儿猫叫春,是也。人在春天却只是懒散,雅人称曰春困,这似乎是别一种表示。所以北平到底还是有它的春天,不过太慌张一点了,又欠腴润一点,叫人有时来不及尝它的味儿,有时尝了觉得稍枯燥了,虽然名字还叫作春天,但是实在就把它当作冬的尾,要不然便是夏的头,反正这两者在表面上虽差得远,实际上对于不大承认它是春天原是一样的。

我倒还是爱北平的冬天。春天总是故乡的有意思,虽然这是三四十年前的事,现在怎么样我不知道。至于冬天,就是三四十年前的故乡的冬天我也不喜欢:那些手脚生冻瘃,半夜里醒过来像是悬空挂着似的上下四旁都是冷气的感觉,很不好受,在北平的纸糊过的屋子里就不会有的。在屋里不苦寒,冬天便有一种好处,可以让人家做事,手不僵冻,不必炙砚呵笔,于我们写文章的人大有利益。北平虽几乎没有春天,我并无什么不满意,盖吾以冬读代春游之乐久矣。

夏天　　/汪曾祺

夏天的早晨真舒服。空气很凉爽，草上还挂着露水（蜘蛛网上也挂着露水），写大字一张，读古文一篇。夏天的早晨真舒服。

凡花大都是五瓣，栀子花却是六瓣。山歌云："栀子花开六瓣头。"栀子花粗粗大大，色白，近蒂处微绿，极香，香气简直有点叫人受不了，我的家乡人说是"碰鼻子香"。栀子花粗粗大大，又香得掸都掸不开，于是为文雅人不取，以为品格不高。栀子花说："我就是要这样香，香得痛痛快快，你们管得着吗！"

人们往往把栀子花和白兰花相比。苏州姑娘串街卖花，娇声叫卖："栀子花！白兰花！"白兰花花朵半开，娇娇嫩嫩，如象牙白色，香气文静，但有点甜俗，为上海长三堂子的"倌人"所喜，因为听说白兰花要到夜间枕上才格外地香。我觉得红

"倌人"的枕上之花,不如船娘鬓边花更为刺激。

夏天的花里最为幽静的是珠兰。

牵牛花短命。早晨沾露才开,午时即已萎谢。

秋葵也命薄。瓣淡黄,白心,心外有紫晕。风吹薄瓣,楚楚可怜。

凤仙花有单瓣者,有重瓣者。重瓣者如小牡丹,凤仙花茎粗肥,湖南人用以腌"臭咸菜",此吾乡所未有。

马齿苋、狗尾巴草、益母草,都长得非常旺盛。

淡竹叶开浅蓝色小花,如小蝴蝶,很好看。叶片微似竹叶而较柔软。

"万把钩"即苍耳。因为结的小果上有许多小钩,碰到它就会挂在衣服上,得小心摘去。所以孩子叫它"万把钩"。

我们那里有一种"巴根草",贴地而长,见缝扎根,一棵草蔓延开来,长了很多根,横的,竖的,一大片。而且非常顽强,拉扯不断。很小的孩子就会唱:

巴根草,

绿茵茵。

唱个唱,

把狗听。

最讨厌的是"臭芝麻"。掏蟋蟀、捉金铃子,常常沾了一裤腿。其臭无比,很难除净。

西瓜以绳络悬之井中,下午剖食,一刀下去,喀嚓有声,凉气四溢,连眼睛都是凉的。

天下皆重"黑籽红瓤",吾乡独以"三白"为贵:白皮、白瓤、白籽。"三白"以东墩产者最佳。

香瓜有:牛角酥,状似牛角,瓜皮淡绿色,刨去皮,则瓜肉浓绿,籽赤红,味浓而肉脆,北京亦有,谓之"羊角蜜";虾蟆酥,不甚甜而脆,嚼之有黄瓜香;梨瓜,大如拳,白皮,白瓤,生脆有梨香;有一种较大,皮色如虾蟆,不甚甜,而极"面",孩子们称之为"奶奶哼",说奶奶一边吃,一边"哼"。

蝈蝈,我的家乡叫作"叫蛐子"。叫蛐子有两种。一种叫"侉叫蛐子"。那真是"侉",跟一个叫驴子似的,叫起来"咶咶咶咶",很吵人。喂它一点辣椒,更吵得厉害。一种叫"秋叫蛐子",全身碧绿如玻璃翠,小巧玲珑,鸣声亦柔细。

别出声,金铃子在小玻璃盒子里爬哪!它停下来,吃两口食——鸭梨切成小骰子块。于是它叫了"丁铃铃铃"……

乘凉。

搬一张大竹床放在天井里,横七竖八一躺,浑身爽利,暑气全消。看月华。月华五色晶莹,变幻不定,非常好看。月亮周围有一个模模糊糊的大圆圈,谓之"风圈",近几天会刮风。"乌猪子过江了"——黑云漫过天河,要下大雨。

一直到露水下来,竹床子的栏杆都湿了,才回去,这时已经很困了,才沾藤枕(我们那里夏天都枕藤枕或漆枕),已入梦乡。

鸡头米老了,新核桃下来了,夏天就快过去了。

扬州的夏日 　　/朱自清

扬州从隋炀帝以来，是诗人文士所称道的地方；称道的多了，称道得久了，一般人便也随声附和起来。直到现在，你若向人提起扬州这个名字，他会点头或摇头说："好地方！好地方！"特别是没去过扬州而念过些唐诗的人，在他心里，扬州真像蜃楼海市一般美丽；他若念过《扬州画舫录》一类书，那更了不得了。但在一个久住扬州像我的人，他却没有那么多美丽的幻想，他的憎恶也许掩住了他的爱好；他也许离开了三四年并不去想它。若是想呢，——你说他想什么？女人；不错，这似乎也有名，但怕不是现在的女人吧？——他也只会想着扬州的夏日，虽然与女人仍然不无关系的。

北方和南方一个大不同，在我看，就是北方无水而南方有。诚然，北方今年大雨，永定河、大清河甚至决了堤防，但这并不能算是有水；北平的三海和颐和园虽然有点儿水，但太平衍

晴耕雨读，得闲饮茶

了，一览而尽，船又那么笨头笨脑的。有水的仍然是南方。扬州的夏日，好处大半便在水上——有人称为"瘦西湖"，这个名字真是太"瘦"了，假西湖之名以行，"雅得这样俗"，老实说，我是不喜欢的。下船的地方便是护城河，曼衍开去，曲曲折折，直到平山堂，——这是你们熟悉的名字——有七八里河道，还有许多杈杈桠桠的支流。这条河其实也没有顶大的好处，只是曲折而有些幽静，和别处不同。

沿河最著名的风景是小金山，法海寺，五亭桥；最远的便是平山堂了。金山你们是知道的，小金山却在水中央。在那里望水最好，看月自然也不错——可是我还不曾有过那样福气。下河的人十之九是到这儿的，人不免太多些。法海寺有一个塔，和北海的一样，据说是乾隆皇帝下江南，盐商们连夜督促匠人造成的。法海寺著名的自然是这个塔；但还有一桩，你们猜不着，是红烧猪头。夏天吃红烧猪头，在理论上也许不甚相宜；可是在实际上，挥汗吃着，倒也不坏的。五亭桥如名字所示，是五个亭子的桥。桥是拱形，中一亭最高，两边四亭，参差相称；最宜远看，或看影子，也好。桥洞颇多，乘小船穿来穿去，另有风味。平山堂在蜀冈上。登堂可见江南诸山淡淡的轮廓；"山色有无中"一句话，我看是恰到好处，并不算错。这里游人较少，闲坐在堂上，可以永日。沿路光景，也以闲寂胜。从天

第二章 四时佳兴，可与人同

宁门或北门下船。蜿蜒的城墙，在水里倒映着苍黝的影子，小船悠然地撑过去，岸上的喧扰像没有似的。

船有三种：大船专供宴游之用，可以挟妓或打牌。小时候常跟了父亲去，在船里听着谋得利洋行的唱片。现在这样乘船的大概少了吧？其次是"小划子"，真像一瓣西瓜，由一个男人或女人用竹篙撑着。乘的人多了，便可雇两只，前后用小凳子跨着：这也可算得"方舟"了。后来又有一种"洋划"，比大船小，比"小划子"大，上支布篷，可以遮日遮雨。"洋划"渐渐地多，大船渐渐地少，然而"小划子"总是有人要的。这不独因为价钱最贱，也因为它的伶俐。一个人坐在船中，让一个人站在船尾上用竹篙一下一下地撑着，简直是一首唐诗，或一幅山水画。而有些好事的少年，愿意自己撑船，也非"小划子"不行。"小划子"虽然便宜，却也有些分别。譬如说，你们也可想到的，女人撑船总要贵些；姑娘撑的自然更要贵。这些撑船的女子，便是有人说过的"瘦西湖上的船娘"。船娘们的故事大概不少，但我不很知道。据说以乱头粗服，风趣天然为胜；中年而有风趣，也仍然算好。可是起初原是逢场作戏，或尚不伤廉惠；以后居然有了价格，便觉意味索然了。

北门外一带，叫作下街，"茶馆"最多，往往一面临河。船行过时，茶客与乘客可以随便招呼说话。船上人若高兴时，也可以向茶馆中要一壶茶，或一两种"小笼点心"，在河中喝着、吃着、谈着。回来时再将茶壶和所谓小笼，连价款一并交给茶馆中人。撑船的都与茶馆相熟，他们不怕你白吃。扬州的小笼点心实在不错：我离开扬州，也走过七八处大大小小的地方，还没有吃过那样好的点心；这其实是值得惦记的。茶馆的地方大致总好，名字也颇有好的。如香影廊，绿杨村，红叶山庄，都是到现在还记得的。绿杨村的幌子，挂在绿杨树上，随风飘展，使人想起"绿杨城郭是扬州"的名句。里面还有小池，丛竹，茅亭，景物最幽。这一带的茶馆布置都历落有致，迥非上海、北平方方正正的茶楼可比。

"下河"总是下午。傍晚回来，在暮霭朦胧中上了岸，将大褂折好搭在腕上，一手微微摇着扇子；这样进了北门或天宁门走回家中。这时候可以念"又得浮生半日闲"那一句诗了。

秋　　/丰子恺

我的年岁上冠用了"三十"二字,至今已两年了。不解达观的我,从这两个字上受到了不少的暗示与影响。虽然明明觉得自己的体格与精力比二十九岁时全然没有什么差异,"三十"这一个观念笼在头上,犹之张了一顶阳伞,使我的全身蒙了一个暗淡色的阴影,又仿佛在日历上撕过了立秋的一页以后,虽然太阳的炎威依然没有减却,寒暑表上的热度依然没有降低,然而只当得余威与残暑,或霜降木落的先驱,大地的节候已从今移交于秋了。

实际,我两年来的心情与秋最容易调和而融合。这情形与从前不同。在往年,我只慕春天。我最欢喜杨柳与燕子。尤其欢喜初染鹅黄的嫩柳。我曾经名自己的寓居为"小杨柳屋",曾经画了许多杨柳燕子的画,又曾经摘取秀长的柳叶,在厚纸上裱成各种风调的眉,想象这等眉的所有者的颜貌,而在其下面添描出眼鼻与口。那时候我每逢早春时节，正月二月之交，看见杨柳枝的线条上挂了细珠，带了隐隐的青色而"遥看近却无"的时候，我心中便充满了一种狂喜，这狂喜又立刻变成焦虑，似乎常常在说："春来了！不要放过！赶快设法招待它，享乐它，永远留住它。"我读了"良辰美景奈何天"等句，曾经真心地感动。以为古人都太息一春的虚度，前车可鉴！到我手里绝不放它空过了。最是逢到了古人惋惜最深的寒食清明，我心中的焦灼便更甚。那一天我总想有一种足以充分酬偿这佳节的举行。我准拟作诗，作画，或痛饮，漫游。虽然大多不被实行；或实行而全无效果，反而中了酒，闹了事，换得了不快的回忆；但我总不灰心，总觉得春的可恋。我心中似乎只知道春，别的三季在我都当作春的预备，或待春的休息时间，全然不曾注意到它们的存在与意义。而对于秋，尤无感觉：因为夏连续在春的后面，在我可当作春的过剩；冬先行在春的前面，在我可当作春的准备；独有与春全无关联的秋，在我心中一向没有它的位置。

自从我的年龄告了立秋以后，两年来的心境完全转了一个方向，也变成秋天了。然而情形与前不同：并不是在秋日感到像昔日的狂喜与焦灼。我只觉得一到秋天，自己的心境便十分调和。非但没有那种狂喜与焦灼，且常常被秋风秋雨秋色秋光

第二章 四时佳兴,可与人同

所吸引而融化在秋中,暂时失却了自己的所在。而对于春,又并非像昔日对于秋的无感觉。我现在对于春非常厌恶。每当万象回春的时候,看到群花的斗艳,蜂蝶的扰攘,以及草木昆虫等到处争先恐后地滋生繁殖的状态,我觉得天地间的凡庸、贪婪,无耻与愚痴,无过于此了!尤其是在青春的时候,看到柳条上挂了隐隐的绿珠,桃枝上着了点点的红斑,最使我觉得可笑又可怜。我想唤醒一个花蕊来对它说:"啊!你也来反复这老调了!我眼看见你的无数的祖先,个个同你一样地出世,个个努力发展,争荣竞秀,不久没有一个不憔悴而化泥尘。你何苦也来反复这老调呢?如今你已长了这孽根,将来看你弄娇弄艳,装笑装颦,招致了蹂躏、摧残、攀折之苦,而步你的祖先们的后尘!"

实际,迎送了三十几次的春来春去的人,对于花事早已看得厌倦,感觉已经麻木,热情已经冷却,绝不会再像初见世面的青年少女似的为花的幻姿所诱惑而赞之、叹之、怜之、惜之了。况且天地万物,没有一件逃得出荣枯、盛衰、生灭、有无之理。过去的历史昭然地证明着这一点,无须我们再说。古来无数的诗人千篇一律地为伤春惜花费词,这种效颦也觉得可厌。假如要我对于世间的生荣死灭费一点词,我觉得生荣不足道,而宁愿欢喜赞叹一切的死灭。对于前者的贪婪、愚昧与怯弱,后者的态度何等谦逊,悟达,而伟大!我对于春与秋的舍取,也是为了这一点。

夏目漱石三十岁的时候,曾经这样说:"人生二十而知有生的利益;二十五而知有明之处必有暗;至于三十的今日,更知明多之处暗亦多,欢浓之时愁亦重。"我现在对于这话也深抱同感;同时又觉得三十的特征不止这一端,其更特殊的是对于死的体感。青年们恋爱不遂的时候惯说生生死死,然而这不过是知有"死"的一回事而已,不是体感。犹之在饮冰挥扇的夏日,不能体感到围炉拥衾的冬夜的滋味。就是我们阅历了三十几度寒暑的人,在前几天的炎阳之下也无论如何感不到浴日的滋味。围炉、拥衾、浴日等事,在夏天的人的心中只是一种空虚的知识,不过晓得将来须有这些事而已,但是不能体感它们的滋味。须得入了秋天,炎阳逗尽了威势而渐渐退却,汗水浸胖了的肌肤渐渐收缩,身穿单衣似乎要打寒噤,而手触法兰绒觉得快适的时候,于是围炉、拥衾、浴日等知识方能渐渐融入体验界中而化为体感。我的年龄告了立秋以后,心境中所起的最特殊的状态便是这对于"死"的体感。以前我的思虑真疏浅!以为春可以常在人间,人可以永在青年,竟完全没有想到死。又以为人生的意义只在于生,而我的一生最有意义,似乎我是不会死的。直到现在,仗了秋的慈光的鉴照,死的灵气钟育,才知道生的甘苦悲欢,是天地间反复过亿万次的老调,又何足珍惜?我但求此生的平安的度送与脱出而已。犹之罹了疯狂的人,病中的颠倒迷离何足计较?但求其去病而已。

我正要搁笔,忽然西窗外黑云弥漫,天际闪出一道电光,发出隐隐的雷声,骤然洒下一阵夹着冰雹的秋雨。啊!原来立秋过得不多天,秋心稚嫩而未曾老练,不免还有这种不调和的现象,可怕哉!

一九二九年秋日

故都的秋　　/ 郁达夫

秋天,无论在什么地方的秋天,总是好的;可是啊,北国的秋,却特别地来得清,来得静,来得悲凉。我的不远千里,要从杭州赶上青岛,更要从青岛赶上北平来的理由,也不过想饱尝一尝这"秋",这故都的秋味。

江南,秋当然也是有的;但草木凋得慢,空气来得润,天的颜色显得淡,并且又时常多雨而少风;一个人夹在苏州上海杭州,或厦门香港广州的市民中间,混混沌沌地过去,只能感到一点点清凉,秋的味,秋的色,秋的意境与姿态,总看不饱,尝不透,赏玩不到十足。秋并不是名花,也并不是美酒,那一种半开、半醉的状态,在领略秋的过程上,是不合适的。

不逢北国之秋,已将近十余年了。在南方每年到了秋天,总要想起陶然亭的芦花,钓鱼台的柳影,西山的虫唱,玉泉的夜月,潭柘寺的钟声。在北平即使不出门去吧,就是在皇城人海之中,租人家一椽破屋来住着,早晨起来,泡一碗浓茶,向院子一坐,你也能看得到很高很高的碧绿的天色,听得到青天下驯鸽的飞声。从槐树叶底,朝东细数着一丝一丝漏下来的日光,或在破壁腰中,静对着像喇叭似的牵牛花(朝荣)的蓝朵,自然而然地也能够感觉到十分的秋意。说到了牵牛花,我以为以蓝色或白色者为佳,紫黑色次之,淡红色最下。最好,还要在牵牛花底,教长着几根疏疏落落的尖细且长的秋草,使作陪衬。

北国的槐树,也是一种能使人联想起秋来的点缀。像花而又不是花的那一种落蕊,早晨起来,会铺得满地。脚踏上去,声音也没有,气味也没有,只能感出一点点极微细极柔软的触觉。扫街的在树影下一阵扫后,灰土上留下来的一条条扫帚的丝纹,看起来既觉得细腻,又觉得清闲,潜意识下并且还觉得有点儿落寞,古人所说的梧桐一叶而天下知秋的遥想,大约也就在这些深沉的地方。

秋蝉的衰弱的残声,更是北国的特产;因为北平处处全长着树,屋子又低,所以无论在什么地方,都听得见它们的啼唱。在南方是非要上郊外或山上去才听得到的。这秋蝉的嘶叫,在北平可和蟋蟀耗子一样,简直像是家家户户都养在家里的家虫。

还有秋雨哩,北方的秋雨,也似乎比南方的下得奇,下得有味,下得更像样。

在灰沉沉的天底下,忽而来一阵凉风,便息列索落地下起雨来了。一层雨过,云渐渐地卷向了西去,天又晴了,太阳又露出脸来了;着着很厚的青布单衣或夹袄的都市闲人,咬着烟管,在雨后的斜桥影里,上桥头树底下去一立,遇见熟人,便会用了缓慢悠闲的声调,微叹着互答着地说:

"唉,天可真凉了——"(这"了"字念得很高,拖得很长。)

"可不是吗?一层秋雨一层凉了!"

北方人念"阵"字,总老像是"层"字,平平仄仄起来,这念错的歧韵,倒来得正好。

北方的果树,到秋天,也是一种奇景。第一是枣子树;屋角,墙头,茅房边上,灶房门口,它都会一株株地长大起来。像橄榄又像鸽蛋似的这枣子颗儿,在小椭圆形的细叶中间,显出淡绿微黄的颜色的时候,正是秋的全盛时期;等枣树叶落,枣子红完,西北风就要起来了,北方便是沙尘灰土的世界,只有这枣子、柿子、葡萄,成熟到八九分的七八月之交,是北国的清秋的佳日,是一年之中最好也没有的 Golden Days。

有些批评家说,中国的文人学士,尤其是诗人,都带着很浓厚的颓废色彩,所以中国的诗文里,赞颂秋的文字的特别的

第二章 四时佳兴，可与人同

多。但外国的诗人，又何尝不然？我虽则外国诗文念得不多，也不想开出账来，做一篇秋的诗歌散文钞，但你若去一翻英德法意等诗人的集子，或各国的诗文的Anthology来，总能够看到许多关于秋的歌颂和悲啼。各著名的大诗人的长篇田园诗或四季诗里，也总以关于秋的部分，写得最出色而最有味。足见有感觉的动物，有情趣的人类，对于秋，总是一样地特别能引起深沉、幽远、严厉、萧索的感触来的。不单是诗人，就是被关闭在牢狱里的囚犯，到了秋天，我想也一定能感到一种不能自已的深情；秋之于人，何尝有国别，更何尝有人种阶级的区别呢？不过在中国，文字里有一个"秋士"的成语，读本里又有着很普遍的欧阳子的《秋声》与苏东坡的《赤壁赋》等，就觉得中国的文人，与秋的关系特别深了。可是这秋的深味，尤其是中国的秋的深味，非要在北方，才感受得到的。

南国之秋，当然也是有它的特异的地方的，比如廿四桥的明月，钱塘江的秋潮，普陀山的凉雾，荔枝湾的残荷等等，可是色彩不浓，回味不永。比起北国的秋来，正像是黄酒之与白干，稀饭之与馍馍，鲈鱼之与大蟹，黄犬之与骆驼。

秋天，这北国的秋天，若留得住的话，我愿把寿命的三分之二折去，换得一个三分之一的零头。

一九三四年八月，在北平

济南的冬天　　/ 老舍

对于一个在北平住惯的人，像我，冬天要是不刮大风，便是奇迹；济南的冬天是没有风声的。对于一个刚由伦敦回来的人，像我，冬天要能看得见日光，便是怪事；济南的冬天是响晴的。自然，在热带的地方，日光是永远那么毒，响亮的天气反有点叫人害怕。可是，在北中国的冬天，而能有温晴的天气，济南真得算个宝地。

设若单单是有阳光，那也算不了出奇。请闭上眼想：一个老城，有山有水，全在蓝天下很暖和安适地睡着；只等春风来把他们唤醒，这是不是个理想的境界？

小山整把济南围了个圈儿，只有北边缺着点口儿，这一圈小山在冬天特别可爱，好像是把济南放在一个小摇篮里，它们全安静不动地低声地说：你们放心吧，这儿准保暖和。真的，济南的人们在冬天是面上含笑的。他们一看那些小山，心中便

第二章 四时佳兴，可与人同

觉得有了着落，有了依靠。他们由天上看到山上，便不觉地想起：明天也许就是春天了吧？这样的温暖，今天夜里山草也许就绿起来吧？就是这点幻想不能一时实现，他们也并不着急，因为有这样慈善的冬天，干啥还希望别的呢。

最妙的是下点小雪呀。看吧，山上的矮松越发的青黑，树尖上顶着一髻儿白花，好像日本看护妇。山尖全白了，给蓝天镶上一道银边。山坡上有的地方雪厚点，有的地方草色还露着，这样，一道儿白，一道儿暗黄，给山们穿上一件带水纹的花衣；看着看着，这件花衣好像被风儿吹动，叫你希望看见一点更美的山的肌肤。等到快日落的时候，微黄的阳光斜射在山腰上，那点薄雪好像忽然害了羞，微微露出点粉色。就是下小雪吧，济南是受不住大雪的，那些小山太秀气。

古老的济南，城内那么狭窄，城外又那么宽敞，山坡上卧着些小村庄，小村庄的房顶上卧着点雪，对，这是张小水墨画，或者是唐代的名手画的吧。

那水呢，不但不结冰，反倒在绿萍上冒着点热气。水藻真绿，把终年贮蓄的绿色全拿出来了。天儿越晴，水藻越绿，就凭这些绿的精神，水也不忍得冻上；况且那长枝的垂柳还要在水里照个影儿呢。看吧,由澄清的河水慢慢往上看吧,空中,半空中,天上,自上而下全是那么清亮,那么蓝汪汪的,整个的是块空灵的蓝水晶。这块水晶里,包着红屋顶,黄草山,像地毯上的小团花的小灰色树影;这就是冬天的济南。

江南的冬景　　/郁达夫

凡在北国过过冬天的人,总都道围炉煮茗,或吃煊羊肉,剥花生米,饮白干的滋味。而有地炉、暖炕等设备的人家,不管门外面是雪深几尺,或风大若雷,而躲在屋里过活的两三个月的生活,却是一年之中最有劲的一段蛰居异境;老年人不必说,就是顶喜欢活动的小孩子们,总也是个个在怀恋的,因为当这中间,有的是萝卜、雅儿梨等水果的闲食,还有大年夜、正月初一、元宵等热闹的节期。

但在江南,可又不同;冬至过后,大江以南的树叶,也不至于脱尽。寒风——西北风——间或吹来,至多也不过冷了一日两日。到得灰云扫尽,落叶满街,晨霜白得像黑女脸上的脂粉似的清早,太阳一上屋檐,鸟雀便又在吱叫,泥地里便又放出水蒸气来,老翁小孩就又可以上门前的隙地里去坐着曝背谈天,营屋外的生涯了;这一种江南的冬景,岂不也可爱得很么?

晴耕雨读，得闲饮茶

我生长在江南，儿时所受的江南冬日的印象，铭刻特深；虽则渐入中年，又爱上了晚秋，以为秋天正是读读书、写写字的人的最惠节季，但对于江南的冬景，总觉得是可以抵得过北方夏夜的一种特殊情调，说得摩登些，便是一种明朗的情调。

我也曾到过闽粤，在那里过冬天，和暖原极和暖，有时候到了阴历的年边，说不定还不得不拿出纱衫来着；走过野人的篱落，更还看得见许多杂七杂八的秋花！一番阵雨雷鸣过后，凉冷一点，至多也只好换上一件夹衣，在闽粤之间，皮袍棉袄是绝对用不着的；这一种极南的气候异状，并不是我所说的江南的冬景，只能叫它作南国的长春，是春或秋的延长。

江南的地质丰腴而润泽，所以含得住热气，养得住植物；因而长江一带，芦花可以到冬至而不败，红叶也有时候会保持住三个月以上的生命。像钱塘江两岸的乌桕树，则红叶落后，还有雪白的桕子着在枝头，一点一丛，用照相机照将出来，可以乱梅花之真。草色顶多成了赭色，根边总带点绿意，非但野火烧不尽，就是寒风也吹不倒的。若遇到风和日暖的午后，你一个人肯上冬郊去走走，则青天碧落之下，你不但感不到岁时的肃杀，并且还可以饱觉着一种莫名其妙的含蓄在那里的生气；"若是冬天来了，春天也总马上会来"的诗人的名句，只有在江南的山野里，最容易体会得出。

第二章 四时佳兴，可与人同

说起了寒郊的散步，实在是江南的冬日，所给与江南居住者的一种特异的恩惠；在北方的冰天雪地里生长的人，是终他的一生，也决不会有享受这一种清福的机会的。我不知道德国的冬天，比起我们江浙来如何，但从许多作家的喜欢以Spaziergang一字来做他们的创造题目的一点看来，大约是德国南部地方，四季的变迁，总也和我们的江南差仿不多。譬如说十九世纪的那位乡土诗人洛在格（Peter Rosegger，1843—1918）罢，他用这一个"散步"做题目的文章尤其写得多，而所写的情形，却又是大半可以拿到中国江浙的山区地方来适用的。

江南河港交流，且又地滨大海，湖沼特多，故空气里时含水分；到得冬天，不时也会下着微雨，而这微雨寒村里的冬霖景象，又是一种说不出的悠闲境界。你试想想，秋收过后，河流边三五家人家会聚在一道的一个小村子里，门对长桥，窗临远阜，这中间又多是树枝桠桠的杂木树林；在这一幅冬日农村的图上，再洒上一层细得同粉也似的白雨，加上一层淡得几不成墨的背景，你说还够不够悠闲？若再要点景致进去，则门前可以泊一只乌篷小船，茅屋里可以添几个喧哗的酒客，天垂暮了，还可以加一味红黄，在茅屋窗中画上一圈暗示着灯光的月晕。人到了这一个境界，自然会得胸襟洒脱起来，终至于得失俱亡,死生不问了;我们总该还记得唐朝那位诗人做的"暮雨潇潇江上村"的一首绝句吧?诗人到此,连对绿林豪客都客气起来了,这不是江南冬景的迷人又是什么?

一提到雨,也就必然的要想到雪:"晚来天欲雪,能饮一杯无?"自然是江南日暮的雪景。"寒沙梅影路,微雪酒香村",则雪月梅的冬宵三友,会合在一道,在调戏酒姑娘了。"柴门闻犬吠,风雪夜归人",是江南雪夜,更深人静后的景况。"前村深雪里,昨夜一枝开",又到了第二天的早晨,和狗一样喜欢弄雪的村童来报告村景了。诗人的诗句,也许不尽是在江南所写,而做这几句诗的诗人,也许不尽是江南人,但假了这几句诗来描写江南的雪景,岂不直截了当,比我这一支愚劣的笔所写的散文更美丽得多?

有几年,在江南也许会没有雨没有雪地过一个冬,到了春间阴历的正月底或二月初再冷一冷下一点春雪的;去年(一九三四)的冬天是如此,今年的冬天恐怕也不得不然,以节气推算起来,大约太冷的日子,将在一九三六年的二月尽头,最多也总不过是七八天的样子。像这样的冬天,乡下人叫作旱冬,对于麦的收成或者好些,但是人口却要受到损伤;旱得久了,白喉、流行性感冒等疾病自然容易上身,可是想恣意享受江南的冬景的人,在这一种冬天,倒只会得到快活一点,因为晴和的日子多了，上郊外去闲步逍遥的机会自然也多；日本人叫作Hiking，德国人叫作Spaziergang狂者，所最欢迎的也就是这样的冬天。

窗外的天气晴朗得像晚秋一样；晴空的高爽，日光的洋溢，引诱得使你在房间里坐不住，空言不如实践，这一种无聊的杂文，我也不再想写下去了，还是拿起手杖，搁下纸笔，上湖上散散步罢！

一九三五年十二月一日

北平的四季   /郁达夫

对于一个已经化为异物的故人，追怀起来，总要先想到他或她的好处；随后再慢慢地想想，则觉得当时所感到的一切坏处，也会变作很可寻味的一些纪念，在回忆里开花。关于一个曾经住过的旧地，觉得此生再也不会第二次去长住了，身处入了远离的一角，向这方向的云天遥望一下，回想起来的，自然也同样地只是它的好处。

中国的大都会，我前半生住过的地方，原也不在少数；可是当一个人静下来回想起从前，上海的闹热、南京的辽阔、广州的乌烟瘴气、汉口武昌的杂乱无章，甚至于青岛的清幽、福州的秀丽，以及杭州的沉着，总归都还比不上北京——我住在那里的时候，当然还是北京——的典丽堂皇，幽闲清妙。

先说人的分子吧，在当时的北京——民国十一二年前后——上自军财阀政客名优起，中经学者名人，文士美女教育

第二章　四时佳兴，可与人同

家，下而至于负贩拉车铺小摊的人，都可以谈谈，都有一艺之长，而无憎人之貌；就是由荐头店荐来的老妈子，除上炕者是当然以外，也总是衣冠楚楚，看起来不觉得会令人讨嫌。

其次说到北京物质的供给哩，又是山珍海错，洋广杂货，以及萝卜白菜等本地产品，无一不备，无一不好的地方。所以在北京住上两三年的人，每一遇到要走的时候，总只感到北京的空气太沉闷，灰沙太暗淡，生活太无变化；一鞭走出，出前门便觉胸舒，过芦沟方知天晓，仿佛一出都门，就上了新生活开始的坦道似的；但是一年半载，在北京以外的各地——除了在自己幼年的故乡以外——去一住，谁也会得重想起北京，再希望回去，隐隐地对北京害起剧烈的怀乡病来。这一种经验，原是住过北京的人，个个都有，而在我自己，却感觉得格外的浓，格外的切。最大的原因或许是为了我那长子之骨，现在也还埋在郊外广谊园的坟山，而几位极要好的知己，又是在那里同时毙命的受难者的一群。

北平的人事品物，原是无一不可爱的，就是大家觉得最要不得的北平的天候，和地理联合上一起，在我也觉得是中国各大都会中所寻不出几处来的好地。为叙述的便利起见，想分成四季来约略地说说。

北平自入旧历的十月之后，就是灰沙满地，寒风刺骨的节季了,所以北平的冬天,是一般人所最怕过的日子。但是要想认识一个地方的特异之处,我以为顶好是当这特异处表现得最圆满的时候去领略;故而夏天去热带,寒天去北极,是我一向所持的哲理。北平的冬天,冷虽则比南方要冷得多,但是北方生活的伟大幽闲,也只有在冬季,使人感受得最彻底。

先说房屋的防寒装置吧,北方的住屋,并不同南方的摩登都市一样,用的是钢骨水泥,冷热气管;一般的北方人家,总只是矮矮的一所四合房,四面是很厚的泥墙;上面花厅内都有一张暖炕,一所回廊;廊子上是一带明窗,窗眼里糊着薄纸,薄纸内又装上风门,另外就没有什么了。在这样简陋的房屋之内,你只教把炉子一生,电灯一点,棉门帘一挂上,在屋里住着,却一辈子总是暖炖炖像是春三四月里的样子。尤其会得使你感觉到屋内的温软堪恋的,是屋外窗外面乌乌在叫啸的西北风。天色老是灰沉沉的,路上面也老是灰的围障,而从风尘灰土中下车,一踏进屋里,就觉得一团春气,包围在你的左右四周,使你马上就忘记了屋外的一切寒冬的苦楚。若是喜欢吃吃酒,烧烧羊肉锅的人,那冬天的北方生活,就更加不能够割舍;酒已经是御寒的妙药了,再加上以大蒜与羊肉酱油合煮的香味,简直可以使一室之内,涨满了白蒙蒙的水蒸温气。玻璃窗内,前半夜,会流下一条条的清汗,后半夜就变成了花色奇

第二章 四时佳兴，可与人同

异的冰纹。

到了下雪的时候哩，景象当然又要一变。早晨从厚棉被里张开眼来，一室的清光，会使你的眼睛眩晕。在阳光照耀之下，雪也一粒一粒地放起光来了，蛰伏得很久的小鸟，在这时候会飞出来觅食振翎，谈天说地，吱吱地叫个不休。数日来的灰暗天空，愁云一扫，忽然变得澄清见底，翳障全无；于是年轻的北方住民，就可以营屋外的生活了，溜冰，做雪人，赶冰车雪车，就在这一种日子里最有劲儿。

我曾于这一种大雪时晴的傍晚，和几位朋友，跨上跛驴，出西直门上骆驼庄去过过一夜。北平郊外的一片大雪地，无数枯树林，以及西山隐隐现现的不少白峰头，和时时吹来的几阵雪样的西北风，所给与人的印象，实在是深刻、伟大、神秘到了不可以言语来形容。直到了十余年后的现在，我一想起当时的情景，还会得打一个寒颤而吐一口清气，如同在钓鱼台溪旁立着的一瞬间一样。

北国的冬宵，更是一个特别适合于看书、写信、追思过去，与作闲谈说废话的绝妙时间。记得当时我们弟兄三人，都住在北京，每到了冬天的晚上，总不远千里地走拢来聚在一道，会谈少年时候在故乡所遇所见的事事物物。小孩们上床去了，佣人们也都去睡觉了，我们弟兄三个，还会得再加一次煤再加一

晴耕雨读，得闲饮茶

次煤地长谈下去。有几宵因为屋外面风紧天寒之故，到了后半夜的一二点钟的时候，便不约而同地会说出索性坐坐到天亮的话来。像这一种可宝贵的记忆，像这一种最深沉的情调，本来也就是一生中不能够多享受几次的昙花佳境，可是若不是在北平的冬天的夜里，那趣味也一定不会得像如此的悠长。

总而言之，北平的冬季，是想赏识赏识北方异味者之唯一的机会；这一季里的好处，这一季里的琐事杂忆，若要详细地写起来，总也有一部《帝京景物略》那么大的书好做；我只记下了一点点自身的经历，就觉得过长了，下面只能再来略写一点春和夏以及秋季的感怀梦境，聊作我的对这日就沦亡的故国的哀歌。

春与秋，本来是在什么地方都属可爱的时节，但在北平，却与别地方也有点儿两样。北国的春，来得较迟，所以时间也比较得短。西北风停后，积雪渐渐地消了，赶牲口的车夫身上，看不见那件光板老羊皮的大袄的时候，你就得预备着游春的服饰与金钱；因为春来也无信，春去也无踪，眼睛一眨，在北平市内，春光就会得同飞马似的溜过。屋内的炉子，刚拆去不久，说不定你就马上得去叫盖凉棚的才行。

而北方春天的最值得记忆的痕迹，是城厢内外的那一层新绿，同洪水似的新绿。北京城，本来就是一个只见树木不见屋

第二章 四时佳兴,可与人同

顶的绿色的都会,一踏出九城的门户,四面的黄土坡上,更是杂树丛生的森林地了;在日光里颤抖着的嫩绿的波浪,油光光,亮晶晶,若是神经系统不十分健全的人,骤然间身入到这一个淡绿色的海洋涛浪里去一看,包管你要张不开眼,立不住脚,而昏厥过去。

北平市内外的新绿,琼岛春阴,西山挹翠诸景里的新绿,真是一幅何等奇伟的外光派的妙画!但是这画的框子,或者简直说这画的画布,现在却已经完全掌握在一只满长着黑毛的巨魔的手里了!北望中原,究竟要到哪一日才能够重见得到天日呢?

从地势纬度上讲来,北方的夏天,当然要比南方的夏天来得凉爽。在北平城里过夏,实在是并没有上北戴河或西山去避暑的必要。一天到晚,最热的时候,只有中午到午后三四点钟的几个钟头,晚上太阳一下山,总没有一处不是凉阴阴要穿单衫才能过去的;半夜以后,更是非盖薄棉被不可了。而北平的天然冰的便宜耐久,又是夏天住过北平的人所忘不了的一件恩惠。

我在北平,曾经过过三个夏天;像什刹海、菱角沟、二闸等暑天游耍的地方,当然是都到过的;但是在三伏的当中,不问是白天或是晚上,你只教有一张藤榻,搬到院子里的葡萄架下或藤花阴处去躺着,吃吃冰茶雪藕,听听盲人的鼓词与树上的蝉鸣,也可以一点儿也感不到炎热与薰蒸。而夏天最热的时候,在北平顶多总不过九十四五度①,这一种大热的天气,全夏顶多顶多又不过十日的样子。

在北平,春夏秋的三季,是连成一片;一年之中,仿佛只有一段寒冷的时期,和一段比较得温暖的时期相对立。由春到夏,是短短的一瞬间,自夏到秋,也只觉得是过了一次午睡,就有点儿凉冷起来了。因此,北方的秋季也特别地觉得长,而秋天的回味,也更觉得比别处来得浓厚。前两年,因去北戴河回来,我曾在北平过过一个秋,在那时候,已经写过一篇《故都的秋》,对这北平的秋季颂赞过一遍了,所以在这里不想再来重复;可是北平近郊的秋色,实在也正像是一册百读不厌的奇书,使你愈翻愈会感到兴趣。

秋高气爽,风日晴和的早晨,你且骑着一匹驴子,上西山八大处或玉泉山碧云寺去走走看;山上的红柿,远处的烟树人家,郊野里的芦苇黍稷,以及在驴背上驮着生果进城来卖的农户佃家,包管你看一个月也不会看厌。春秋两季,本来是到处好的,但是北方的秋空,看起来似乎更高一点,北方的空气,吸起来似乎更干燥健全一点。而那一种草木摇落,金风肃杀之

---

①华氏度。

感,在北方似乎也更觉得要严肃、凄凉、沉静得多。你若不信,你且去西山脚下,农民的家里或古寺的殿前,自阴历八月至十月下旬,去住它三个月看看。古人的"悲哉秋之为气"以及"胡笳互动,牧马悲鸣"的那一种哀感,在南方是不大感觉得到的,但在北平,尤其是在郊外,你真会得感至极而涕零,思千里兮命驾。所以我说,北平的秋,才是真正的秋;南方的秋天,不过是英国话里所说的Indian Summer或叫作小春天气而已。

统观北平的四季,每季每节,都有它的特别的好处;冬天是室内饮食奄息的时期,秋天是郊外走马调鹰的日子,春天好看新绿,夏天饱受清凉。至于各节各季,正当移换中的一段时间哩,又是别一种情趣,是一种两不相连,而又两都相合的中间风味,如雍和宫的打鬼、净业庵的放灯、丰台的看芍药、万牲园的寻梅花之类。

五六百年来文化所聚萃的北平,一年四季无一月不好的北平,我在遥忆,我也在深祝,祝她的平安进展,永久地为我们黄帝子孙所保有的旧都城!

一九三六年五月廿七日

第三章　陌上花开,可缓缓归矣

人间草木 /汪曾祺

山丹丹

我在大青山挖到一棵山丹丹。这棵山丹丹的花真多。招待我们的老堡垒户看了看,说:"这棵山丹丹有十三年了。"

"十三年了?咋知道?"

"山丹丹长一年,多开一朵花。你看,十三朵。"

山丹丹记得自己的岁数。

我本想把这棵山丹丹带回呼和浩特,想了想,找了把铁锹,把老堡垒户的开满了蓝色党参花的土台上刨了个坑,把这棵山丹丹种上了。问老堡垒户:

"能活?"

"能活。这东西,皮实。"

大青山到处是山丹丹,开七朵花、八朵花的,多的是。

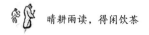 晴耕雨读,得闲饮茶

山丹丹花开花又落,

一年又一年……

这支流行歌曲的作者未必知道,山丹丹过一年多开一朵花。唱歌的歌星就更不会知道了。

枸杞

枸杞到处都有。枸杞头是春天的野菜。采摘枸杞的嫩头,略焯过,切碎,与香干丁同拌,浇酱油、醋、香油;或入油锅爆炒,皆极清香。夏末秋初,开淡紫色小花,谁也不注意。随即结出小小的红色的卵形浆果,即枸杞子。我的家乡叫做狗奶子。

我在玉渊潭散步,在一个山包下的草丛里看见一对老夫妻弯着腰在找什么。他们一边走,一边搜索。走几步,停一停,弯腰。

"您二位找什么?"

"枸杞子。"

"有吗?"

老同志把手里一个罐头玻璃瓶举起来给我看,已经有半

瓶了。

"不少!"

"不少!"

他解嘲似的哈哈笑了几声。

"您慢慢捡着!"

"慢慢捡着!"

看样子这对老夫妻是离休干部,穿得很整齐干净,气色很好。

他们捡枸杞子干什么?是配药?泡酒?看来都不完全是。真要是需要,可以托熟人从宁夏捎一点或寄一点来。——听口音,老同志是西北人,那边肯定会有熟人。

他们捡枸杞子其实只是玩!一边走着,一边捡枸杞子,这比单纯的散步要有意思。这是两个童心未泯的老人,两个老孩子!

人老了,是得学会这样的生活。看来,这二位中年时也是很会生活,会从生活中寻找乐趣的。他们为人一定很好,很厚道。他们还一定不贪权势,甘于淡泊。夫妻间一定不会为柴米油盐、儿女婚嫁而吵嘴。

从钓鱼台到甘家口商场的路上,路西,有一家的门头上种了很大的一丛枸杞,秋天结了很多枸杞子,通红通红的,礼花

晴耕雨读，得闲饮茶

似的，喷泉似的垂挂下来，一个珊瑚珠穿成的华盖，好看极了。这丛枸杞可以拿到花会上去展览。这家怎么会想起在门头上种一丛枸杞？

槐花

玉渊潭洋槐花盛开，像下了一场大雪，白得耀眼。来了放蜂的人。蜂箱都放好了，他的"家"也安顿了。一个刷了涂料的很厚的黑色的帆布篷子。里面打了两道土堰，上面架起几块木板，是床。床上一卷铺盖。地上排着油瓶、酱油瓶、醋瓶。一个白铁桶里已经有多半桶蜜。外面一个蜂窝煤炉子上坐着锅。一个女人在案板上切青蒜。锅开了，她往锅里下了一把干切面。不大会儿，面熟了，她把面捞在碗里，加了作料、撒上青蒜，在一个碗里舀了半勺豆瓣。一人一碗。她吃的是加了豆瓣的。

蜜蜂忙着采蜜，进进出出，飞满一天。

我跟养蜂人买过两次蜜，绕玉渊潭散步回来，经过他的棚子，大都要在他门前的树墩上坐一坐，抽一支烟，看他收蜜，刮蜡，跟他聊两句，彼此都熟了。

这是一个五十岁上下的中年人，高高瘦瘦的，身体像是不太好，他做事总是那么从容不迫，慢条斯理的。样子不像个农民，倒有点像一个农村小学校长。听口音，是石家庄一带的。

第三章　陌上花开，可缓缓归矣

他到过很多省。哪里有鲜花，就到哪里去。菜花开的地方，玫瑰花开的地方，苹果花开的地方，枣花开的地方。每年都到南方去过冬，广西，贵州。到了春暖，再往北返。我问他是不是枣花蜜最好，他说是荆条花的蜜最好。这很出乎我的意料。荆条是个不起眼的东西，而且我从来没有见过荆条开花，想不到荆条花蜜却是最好的蜜。我想他每年收入应当不错。他说比一般农民要好一些，但是也落不下多少：蜂具，路费；而且每年要赔几十斤白糖——蜜蜂冬天不采蜜，得喂它糖。

女人显然是他的老婆。不过他们岁数相差太大了。他五十了，女人也就是三十出头。而且，她是四川人，说四川话。我问他：你们是怎么认识的？他说：她是新繁县人。那年他到新繁放蜂，认识了。她说北方的大米好吃，就跟来了。

有那么简单？也许她看中了他的脾气好，喜欢这样安静平和的性格？也许她觉得这种放蜂生活，东南西北到处跑，好耍？这是一种农村式的浪漫主义。四川女孩子做事往往很洒脱，想咋个就咋个，不像北方女孩子有那么多考虑。他们结婚已经几年了。丈夫对她好，她对丈夫也很体贴。她觉得她的选择没有错，很满意，不后悔。我问养蜂人：她回去过没有？他说：回去过一次，一个人。他让她带了两千块钱，她买了好些礼物送人，风风光光地回了一趟新繁。

一天,我没有看见女人,问养蜂人,她到哪里去了。养蜂人说:到我那大儿子家去了,去接我那大儿子的孩子。他有个大儿子,在北京工作,在汽车修配厂当工人。

她抱回来一个四岁多的男孩,带着他在棚子里住了几天。她带他到甘家口商场买衣服,买鞋,买饼干,买冰糖葫芦。男孩子在床上玩鸡啄米,她靠着被窝用勾针给他勾一顶大红的毛线帽子。她很爱这个孩子。这种爱是完全非功利的,既不是讨丈夫的欢心,也不是为了和丈夫的儿子一家搞好关系。这是一颗很善良、很美的心。孩子叫她奶奶,奶奶笑了。

过了几天,她把孩子又送了回去。

过了两天,我去玉渊潭散步,养蜂人的棚子拆了,蜂箱集中在一起。等我散步回来,养蜂人的大儿子开来一辆卡车,把棚柱、木板、煤炉、锅碗和蜂箱装好,养蜂人两口子坐上车,卡车开走了。

玉渊潭的槐花落了。

马缨花　/季羡林

　　曾经有很长的一段时间，我孤零零一个人住在一个很深的大院子里。从外面走进去，越走越静，自己的脚步声越听越清楚，仿佛从闹市走向深山。等到脚步声成为空谷足音的时候，我住的地方就到了。

　　院子不小，都是方砖铺地，三面有走廊。天井里遮满了树枝，走到下面，浓荫匝地，清凉蔽体。从房子的气势来看，从梁柱的粗细来看，依稀还可以看出当年的富贵气象。

　　这富贵气象是有来源的。在几百年前，这里曾经是明朝的东厂。不知道有多少忧国忧民的志士曾在这里被囚禁过，也不知道有多少人在这里受过苦刑，甚至丧掉性命。据说当年的水牢现在还有迹可寻哩。

　　等到我住进去的时候，富贵气象早已成为陈迹，但是阴森凄苦的气氛却是原封未动。再加上走廊上陈列的那一些汉代的石棺石椁，古代的刻着篆字和隶字的石碑，我一走回这个院子里，就仿佛进入了古墓。这样的环境，这样的气氛，把我的记忆提到几千年前去；有时候我简直就像是生活在历史里，自己俨然成为古人了。

这样的气氛同我当时的心情是相适应的，我一向又不相信有什么鬼神，所以我住在这里，也还处之泰然。

但是也有紧张不泰然的时候。往往在半夜里，我突然听到推门的声音，声音很大，很强烈。我不得不起来看一看。那时候经常停电。我只能在黑暗中摸索着爬起来，摸索着找门，摸索着走出去。院子里一片浓黑，什么东西也看不见。连树影子也仿佛同黑暗粘在一起，一点都分辨不出来。我只听到大香椿树上有一阵窸窸窣窣的声音，然后咪噢的一声，有两只小电灯似的眼睛从树枝深处对着我闪闪发光。

这样一个地方，对我那些经常来往的朋友们来说，是不会引起什么好感的。有几位在白天还有兴致来找我谈谈，他们很怕在黄昏时分走进这个院子。万一有事，不得不来，也一定在大门口向工友再三打听，我是否真在家里，然后才有勇气，跋涉过那一个长长的胡同，走过深深的院子，来到我的屋里。有一次，我出门去了，看门的工友没有看见。一位朋友走到我住的那个院子里，在黄昏的微光中，只见一地树影，满院石棺，

第三章 陌上花开,可缓缓归矣

我那小窗上却没有灯光。他的腿立刻抖了起来,费了好大力量,才拖着它们走了出去。第二天我们见面时,谈到这点经历,两人相对大笑。

我是不是也有孤寂之感呢?应该说是有的。当时正是"万家墨面没蒿莱"的时代,北京城一片黑暗。白天在学校里的时候,同青年同学在一起,从他们那蓬蓬勃勃的斗争意志和生命活力里,还可以吸取一些力量和快乐,精神十分振奋。但是,一到晚上,当我孤零一个人走回这个所谓家的时候,我仿佛遗世而独立。没有人声,没有电灯,没有一点活气。在煤油灯的微光中,我只看到自己那高得、大得、黑得惊人的身影在四面的墙壁上晃动,仿佛是有个巨灵来到我的屋内。寂寞像毒蛇似的偷偷地袭来,折磨着我,使我无所逃于天地之间。

在这样无可奈何的时候,有一天,在傍晚的时候,我从外面一走进那个院子,蓦地闻到一股似浓似淡的香气。我抬头一看,原来是遮满院子的马缨花开花了。在这以前,我知道这些树都是马缨花;但是我却没有十分注意它们。今天它们用自己的香气告诉了我它们的存在。这对我似乎是一件新事。我不由得就站在树下,仰头观望:细碎的叶子密密地搭成了一座天棚,天棚上面是一层粉红色的细丝般的花瓣,远处望去,就像是绿云层上浮上了一团团的红雾。香气就是从这一片绿云里洒下来的,洒满了整个院子,洒满了我的全身,使我仿佛游泳在香海里。

花开也是常有的事,开花有香气更是司空见惯。但是,在这样一个时候,这样一个地方,有这样的花,有这样的香,我就觉得很不寻常;有花香慰我寂寥,我甚至有一些近乎感激的心情了。

从此,我就爱上了马缨花,把它当成了自己的知心朋友。

北京终于解放了。1949年的10月1日给全中国带来了光明与希望,给全世界带来了光明与希望。这一个具有重大意义的日子在我的生命里划上了一道鸿沟,我仿佛重新获得了生命。可惜不久我就搬出了那个院子,同那些可爱的马缨花告别了。

时间也过得真快,到现在,才一转眼的工夫,已经过去了十三年。这十三年是我生命史上最重要、最充实、最有意义的十三年。我看了很多新东西,学习了很多新东西,走了很多新地方。我当然也看了很多奇花异草。我曾在亚洲大陆最南端科摩林海角看到高凌霄汉的巨树上开着大朵的红花;我曾在缅甸的避暑胜地东枝看到开满了小花园的火红照眼的不知名的花朵;我也曾在塔什干看到长得像小树般的玫瑰花。这些花都是异常美妙动人的。

然而使我深深地怀念的却仍然是那些平凡的马缨花。我是

第三章　陌上花开，可缓缓归矣

多么想见到它们呀！

最近几年来，北京的马缨花似乎多起来了。在公园里，在马路旁边，在大旅馆的前面，在草坪里，都可以看到新栽种的马缨花。细碎的叶子密密地搭成了一座座的天棚，天棚上面是一层粉红色的细丝般的花瓣。远处望去，就像是绿云层上浮上了一团团的红雾。这绿云红雾飘满了北京。衬上红墙、黄瓦，给人民的首都增添了绚丽与芬芳。

我十分高兴。我仿佛是见了久别重逢的老友。但是，我却隐隐约约地感觉到，这些马缨花同我回忆中的那些很不相同。叶子仍然是那样的叶子，花也仍然是那样的花；在短短的十几年以内，它决不会变了种。它们不同之处究竟何在呢？

我最初确实是有些困惑，左思右想，只是无法解释。后来，我扩大了我回忆的范围，不把回忆死死地拴在马缨花上面，而是把当时所有同我有关的事物都包括在里面。不管我是怎样喜欢院子里那些马缨花，不管我是怎样爱回忆它们，回忆的范围一扩大，同它们联系在一起的不是黄昏，就是夜雨，否则就是迷离凄苦的梦境。我好像是在那些可爱的马缨花上面从来没有见到哪怕是一点点阳光。

然而，今天摆在我眼前的这些马缨花，却仿佛总是在光天化日之下。即使是在黄昏时候，在深夜里，我看到它们，它们也仿佛是生气勃勃,同浴在阳光里一样。它们仿佛想同灯光竞赛,同明月争辉。同我回忆里那些马缨花比起来,一个是照相的底片,一个是洗好的照片;一个是影,一个是光。影中的马缨花也许是值得留恋的,但是光中的马缨花不是更可爱吗?

我从此就爱上了这光中的马缨花。而且我也爱藏在我心中的这一个光与影的对比。它能告诉我很多事情,带给我无穷无尽的力量,送给我无限的温暖与幸福;它也能促使我前进。我愿意马缨花永远在这光中含笑怒放。

一九六二年十月一日

养花　　/老舍

我爱花,所以也爱养花。我可还没成为养花专家,因为没有工夫去作研究与试验。我只把养花当作生活中的一种乐趣,花开得大小好坏都不计较,只要开花,我就高兴。在我的小院中,到夏天,满是花草,小猫儿们只好上房去玩耍,地上没有它们的运动场。

花虽多,但无奇花异草。珍贵的花草不易养活,看着一棵好花生病欲死是件难过的事。我不愿时时落泪。北京的气候,对养花来说,不算很好。冬天冷,春天多风,夏天不是干旱就是大雨倾盆;秋天最好,可是忽然会闹霜冻。在这种气候里,想把南方的好花养活,我还没有那么大的本事。因此,我只养些好种易活、自己会奋斗的花草。

不过,尽管花草自己会奋斗,我若置之不理,任其自生自灭,它们多数还是会死了的。我得天天照管它们,像好朋友似的关切它们。一来二去,我摸着一些门道:有的喜阴,就别放在太阳地里,有的喜干,就别多浇水。这是个乐趣,摸住门道,花草养活了,而且三年五载老活着、开花,多么有意思呀!不是乱吹,这就是知识呀!多得些知识,一定不是坏事。

我不是有腿病吗,不但不利于行,也不利于久坐。我不知道花草们受我的照顾,感谢我不感谢;我可得感谢它们。在我工作的时候,我总是写了几十个字,就到院中去看看,浇浇这棵,搬搬那盆,然后回到屋中再写一点,然后再出去,如此循环,把脑力劳动与体力劳动结合到一起,有益身心,胜于吃药。要是赶上狂风暴雨或天气突变哪,就得全家动员,抢救花草,十分紧张。几百盆花,都要很快地抢到屋里去,使人腰酸腿疼,热汗直流。第二天,天气好转,又得把花儿都搬出去,就又一次腰酸腿疼,热汗直流。可是,这多么有意思呀!不劳动,连棵花儿也养不活,这难道不是真理么?

送牛奶的同志,进门就夸"好香"!这使我们全家都感到骄傲。赶到昙花开放的时候,约几位朋友来看看,更有秉烛夜游的神气——昙花总在夜里放蕊。花儿分根了,一棵分为数棵,就赠给朋友们一些;看着友人拿走自己的劳动果实,心里自然特别喜欢。

当然,也有伤心的时候,今年夏天就有这么一回。三百株菊秧还在地上（没到移入盆中的时候），下了暴雨。邻家的墙倒了下来，菊秧被砸死者三十多种，一百多棵！全家都几天没有笑容！

有喜有忧，有笑有泪，有花有实，有香有色，既须劳动，又长见识，这就是养花的乐趣。

看花 /朱自清

生长在大江北岸一个城市里,那儿的园林本是著名的,但近来却很少;似乎自幼就不曾听见过"我们今天看花去"一类话,可见花事是不盛的。有些爱花的人,大都只是将花栽在盆里,一盆盆搁在架上;架子横放在院子里。院子照例是小小的,只够放下一个架子;架上至多搁二十多盆花罢了。有时院子里依墙筑起一座"花台",台上种一株开花的树;也有在院子里地上种的。但这只是普通的点缀,不算是爱花。

家里人似乎都不甚爱花;父亲只在领我们上街时,偶然和我们到"花房"里去过一两回。但我们住过一所房子,有一座小花园,是房东家的。那里有树,有花架(大约是紫藤花架之类),但我当时还小,不知道那些花木的名字;只记得爬在墙上的是蔷薇而已。园中还有一座太湖石堆成的洞门;现在想来,似乎也还好的。在那时由一个顽皮的少年仆人领了我去,却只

第三章　陌上花开，可缓缓归矣

知道跑来跑去捉蝴蝶；有时掐下几朵花，也只是随意挼弄着，随意丢弃了。至于领略花的趣味，那是以后的事：夏天的早晨，我们那地方有乡下的姑娘在各处街巷，沿门叫着，"卖栀子花来"。栀子花不是什么高品，但我喜欢那白而晕黄的颜色和那肥肥的个儿，正和那些卖花的姑娘有着相似的韵味。栀子花的香，浓而不烈，清而不淡，也是我乐意的。我这样便爱起花来了。也许有人会问："你爱的不是花吧？"这个我自己其实也已不大弄得清楚，只好存而不论了。

在高小的一个春天，有人提议到城外F寺里吃桃子去，而且预备白吃；不让吃就闹一场，甚至打一架也不在乎。那时虽远在五四运动以前，但我们那里的中学生却常有打进戏园看白戏的事。中学生能白看戏，小学生为什么不能白吃桃子呢？我们都这样想，便由那提议人纠合了十几个同学，浩浩荡荡地向城外而去。到了F寺，气势不凡地呵叱着道人们（我们称寺里的工人为道人），立刻领我们向桃园里去。道人们踌躇着说："现在桃树刚才开花呢。"但是谁信道人们的话？我们终于到了桃园里。大家都丧了气，原来花是真开着呢！这时提议人P君便去折花。道人们是一直步步跟着的，立刻上前劝阻，而且用起手来。但P君是我们中最不好惹的；"说时迟，那时快"，一眨眼，花在他的手里，道人已跟跄在一旁了。那一园子的桃花，想来总该有些可看；我们却谁也没有想着去看。只嚷着："没有桃子，得沏茶喝！"道人们满肚子委屈地引我们到"方丈"里，大家各喝一大杯茶。这才平了气，谈谈笑笑地进城去。大概我那时还只懂得爱一朵朵的栀子花，对于开在树上的桃花，是并不了然的；所以眼前的机会，便从眼前错过了。

以后渐渐念了些看花的诗，觉得看花颇有些意思。但到北平读了几年书，却只到过崇效寺一次；而去得又嫌早些，那有名的一株绿牡丹还未开呢。北平看花的事很盛，看花的地方也很多；但那时热闹的似乎也只有一班诗人名士，其余还是不相干的。那正是新文学运动的起头，我们这些少年，对于旧诗和那一班诗人名士，实在有些不敬；而看花的地方又都远不可言，我是一个懒人，便干脆地断了那条心了。后来到杭州做事，遇见了Y君，他是新诗人兼旧诗人，看花的兴致很好。我和他常到孤山去看梅花。孤山的梅花是古今有名的，但太少；又没有临水的，人也太多。有一回坐在放鹤亭上喝茶，来了一个方面有须，穿着花缎马褂的人，用湖南口音和人打招呼道："梅花盛开嗒！""盛"字说得特别重，使我吃了一惊；但我吃惊的也只是说在他嘴里"盛"这个声音罢了，花的盛不盛，在我倒并没有什么的。

有一回，Y来说，灵峰寺有三百株梅花；寺在山里，去的

第三章 陌上花开,可缓缓归矣

人也少。我和Y,还有N君,从西湖边雇船到岳坟,从岳坟入山。曲曲折折走了好一会,又上了许多石级,才到山上寺里。寺甚小,梅花便在大殿西边园中。园也不大,东墙下有三间净室,最宜喝茶看花;北边有座小山,山上有亭,大约叫"望海亭"吧,望海是未必,但钱塘江与西湖是看得见的。梅树确是不少,密密地低低地整列着。那时已是黄昏,寺里只我们三个游人;梅花并没有开,但那珍珠似的繁星似的骨朵儿,已经够可爱了;我们都觉得比孤山上盛开时有味。大殿上正做晚课,送来梵呗的声音,和着梅林中的暗香,真叫我们舍不得回去。在园里徘徊了一会,又在屋里坐了一会,天是黑定了,又没有月色,我们向庙里要了一个旧灯笼,照着下山。路上几乎迷了道,又两次三番地狗咬;我们的Y诗人确有些窘了,但终于到了岳坟。船夫远远迎上来道:"你们来了,我想你们不会冤我呢!"在船上,我们还不离口地说着灵峰的梅花,直到湖边电灯光照至我们的眼。

Y回北平去了,我也到了白马湖。那边是乡下,只有沿湖与杨柳相间着种了一行小桃树,春天花发时,在风里娇媚地笑着。还有山里的杜鹃花也不少。这些日日在我们眼前,从没有人像煞有介事地提议:"我们看花去。"但有一位S君,却特别爱养花;他家里几乎是终年不离花的。我们上他家去,总看他在那里不是拿着剪刀修理枝叶，便是提着壶浇水。我们常乐意看着。他院子里一株紫薇花很好，我们在花旁喝酒，不知多少次。白马湖住了不过一年，我却传染了他那爱花的嗜好。但重到北平时，住在花事很盛的清华园里，接连过了三个春，却从未想到去看一回。只在第二年秋天，曾经和孙三先生在园里看过几次菊花。"清华园之菊"是著名的，孙三先生还特地写了一篇文，画了好些画。但那种一盆一干一花的养法，花是好了，总觉没有天然的风趣。直到去年春天，有了些余闲，在花开前，先向人问了些花的名字。一个好朋友是从知道姓名起的，我想看花也正是如此。恰好Y君也常来园中，我们一天三四趟地到那些花下去徘徊。今年Y君忙些，我便一个人去。我爱繁花老干的杏，临风婀娜的小红桃，贴梗累累如珠的紫荆；但最恋恋的是西府海棠。海棠的花繁得好，也淡得好；艳极了，却没有一丝荡意。疏疏的高干子，英气隐隐逼人。可惜没有趁着月色看过；王鹏运有两句词道："只愁淡月朦胧影，难验微波上下潮。"我想月下的海棠花，大约便是这种光景吧。为了海棠，前两天在城里特地冒了大风到中山公园去，看花的人倒也不少；但不知怎的，却忘了畿辅先哲祠。Y告我那里的一株，遮住了大半个院子；别处的都向上长，这一株却是横里伸张的。花的繁没有法说；海棠本无香，昔人常以为恨，这里花太繁了，却酝酿出一种淡淡的香气，使人久闻不倦。Y告我，正是刮了一日还不息的狂风的晚上；他是前一天去的。他说他去时地上已有落花了，这一日一夜的风，准完了。他说北平看花，是要赶着看的：春光太短了，又晴的日子多；今年算是有阴的日子了，但狂风还是逃不了的。我说北平看花，比别处有意思，也正在此。这时候，我似乎不甚菲薄那一班诗人名士了。

一九三零年四月

荷塘月色 /朱自清

这几天心里颇不宁静。今晚在院子里坐着乘凉,忽然想起日日走过的荷塘,在这满月的光里,总该另有一番样子吧。月亮渐渐地升高了,墙外马路上孩子们的欢笑,已经听不见了;妻在屋里拍着闰儿,迷迷糊糊地哼着眠歌。我悄悄地披了大衫,带上门出去。

沿着荷塘,是一条曲折的小煤屑路。这是一条幽僻的路;白天也少人走,夜晚更加寂寞。荷塘四面,长着许多树,蓊蓊郁郁的。路的一旁,是些杨柳,和一些不知道名字的树。没有月光的晚上,这路上阴森森的,有些怕人。今晚却很好,虽然月光也还是淡淡的。

路上只我一个人,背着手踱着。这一片天地好像是我的;我也像超出了平常的自己,到了另一个世界里。我爱热闹,也

第三章　陌上花开，可缓缓归矣

爱冷静；爱群居，也爱独处。像今晚上，一个人在这苍茫的月下，什么都可以想，什么都可以不想，便觉是个自由的人。白天里一定要做的事，一定要说的话，现在都可不理。这是独处的妙处，我且受用这无边的荷香月色好了。

曲曲折折的荷塘上面，弥望的是田田的叶子。叶子出水很高，像亭亭的舞女的裙。层层的叶子中间，零星地点缀着些白花，有袅娜地开着的，有羞涩地打着朵儿的；正如一粒粒的明珠，又如碧天里的星星，又如刚出浴的美人。微风过处，送来缕缕清香，仿佛远处高楼上渺茫的歌声似的。这时候叶子与花也有一丝的颤动，像闪电一般，霎时传过荷塘的那边去了。叶子本是肩并肩密密地挨着，这便宛然有了一道凝碧的波痕。叶子底下是脉脉的流水，遮住了，不能见一些颜色；而叶子却更见风致了。

月光如流水一般，静静地泻在这一片叶子和花上。薄薄的青雾浮起在荷塘里。叶子和花仿佛在牛乳中洗过一样；又像笼着轻纱的梦。虽然是满月，天上却有一层淡淡的云，所以不能朗照；但我以为这恰是到了好处——酣眠固不可少，小睡也别有风味的。月光是隔了树照过来的，高处丛生的灌木，落下参差的斑驳的黑影，峭楞楞如鬼一般；弯弯的杨柳的稀疏的倩影，却又像是画在荷叶上。塘中的月色并不均匀；但光与影有着和谐的旋律，如梵婀玲①上奏着的名曲。

荷塘的四面，远远近近，高高低低都是树，而杨柳最多。这些树将一片荷塘重重围住；只在小路一旁，漏着几段空隙，像是特为月光留下的。树色一例是阴阴的，乍看像一团烟雾；但杨柳的丰姿，便在烟雾里也辨得出。树梢上隐隐约约的是一带远山，只有些大意罢了。树缝里也漏着一两点路灯光，没精打采的，是渴睡人的眼。这时候最热闹的，要数树上的蝉声与水里的蛙声；但热闹是他们的，我什么也没有。

忽然想起采莲的事情来了。采莲是江南的旧俗，似乎很早就有，而六朝时为盛；从诗歌里可以约略知道。采莲的是少年的女子，她们是荡着小船，唱着艳歌去的。采莲人不用说很多，还有看采莲的人。那是一个热闹的季节，也是一个风流的季节。梁元帝《采莲赋》里说得好：

于是妖童媛女，荡舟心许；鹢首徐回，兼传羽杯；棹将移而藻挂，船欲动而萍开。尔其纤腰束素，迁延顾步；夏始春余，叶嫩花初，恐沾裳而浅笑，畏倾船而敛裾。

---

①英语violin小提琴的译音。

可见当时嬉游的光景了。这真是有趣的事,可惜我们现在早已无福消受了。

于是又记起《西洲曲》里的句子:

采莲南塘秋,莲花过人头;低头弄莲子,莲子清如水。

今晚若有采莲人,这儿的莲花也算得"过人头"了;只不见一些流水的影子,是不行的。这令我到底惦着江南了。——这样想着,猛一抬头,不觉已是自己的门前;轻轻地推门进去,什么声息也没有,妻已睡熟好久了。

杨柳 /丰子恺

因为我的画中多杨柳树,就有人说我欢喜杨柳树;因为有人说我欢喜杨柳树,我似觉自己真与杨柳树有缘。但我也曾问心,为什么欢喜杨柳树?到底与杨柳树有什么深缘?其答案了不可得。原来这完全是偶然的:昔年我住在白马湖上,看见人们在湖边种柳,我向他们讨了一小株,种在寓屋的墙角里。因此给这屋取名"小杨柳屋",因此常取见惯的杨柳为画材,因此就有人说我欢喜杨柳,因此我自己似觉与杨柳有缘。假如当时人们在湖边种荆棘,也许我会给屋取名为"小荆棘屋",而专画荆棘,成为与荆棘有缘,亦未可知。天下事往往如此。

但假如我存心要和杨柳结缘,就不说上面的话,而可以附会种种的理由上去。或者说我爱它的鹅黄嫩绿,或者说我爱它的如醉如舞,或者说我爱它像小蛮的腰,或者说我爱它是陶渊明的宅边所种的,或者还可引援"客舍青青"的诗,"树犹如此"的话,以及"王恭之貌""张绪之神"等种种古典来,作为自己爱柳的理由。即使要找三百个冠冕堂皇、高雅深刻的理由,也是很容易的。天下事又往往如此。

也许我曾经对人说过"我爱杨柳"的话。但这话也是随缘的。仿佛我偶然买一双黑袜穿在脚上,逢人问我"为什么穿黑袜"时,就对他说"我欢喜穿黑袜"一样。实际,我向来对于花木无所爱好;即有之,亦无所执着。这是因为我生长穷乡,只见桑麻、禾黍、烟片、棉花、小麦、大豆,不曾亲近过万花如绣的园林。只在几本旧书里看见过"紫薇""红杏""芍药""牡丹"等美丽的名称,但难得亲近这等名称的所有者。并非完全没有见过,只因见时它们往往使我失望,不相信这便是曾对紫薇郎的紫薇花,曾使尚书出名的红杏,曾傍美人醉卧的芍药,或者象征富贵的牡丹。我觉得它们也只是植物中的几种,不过少见而名贵些,实在也没有什么特别可爱的地方,似乎不配在诗词中那样地受人称赞,更不配在花木中占据那样高尚的地位。因此我似觉诗词中所赞叹的名花是另外一种,不是我现在所看见的这种植物。我也曾偶游富丽的花园,但终于不曾见过十足地配称"万花如绣"的景象。

假如我现在要赞美一种植物,我仍是要赞美杨柳。但这与前缘无关,只是我这几天的所感,一时兴到,随便谈谈,也不

晴耕雨读，得闲饮茶

会像信仰宗教或崇拜主义地毕生皈依它。为的是昨日天气佳，埋头写作到傍晚，不免走到西湖边的长椅子里坐了一会。看见湖岸的杨柳树上，好像挂着几万串嫩绿的珠子，在温暖的春风中飘来飘去，飘出许多弯度微微的S线来，觉得这一种植物实在美丽可爱，非赞它一下不可。

听人说，这种植物是最贱的。剪一根枝条来插在地上，它也会活起来，后来变成一株大杨柳树。它不需要高贵的肥料或工深的壅培，只要有阳光、泥土和水，便会生活，而且生得非常强健而美丽。牡丹花要吃猪肚肠，葡萄藤要吃肉汤，许多花木要吃豆饼，杨柳树不要吃人家的东西，因此人们说它是"贱"的。大概"贵"是要吃的意思。越要吃得多，越要吃得好，就是越"贵"。吃得很多很好而没有用处，只供观赏的，似乎更贵。例如牡丹比葡萄贵，是为了牡丹吃了猪肚肠只供观赏，而葡萄吃了肉汤有结果的原故。杨柳不要吃人的东西，且有木材供人用，因此被人看作"贱"的。

我赞杨柳美丽，但其美与牡丹不同，与别的一切花木都不同。杨柳的主要的美点，是其下垂。花木大都是向上发展的，红杏能长到"出墙"，古木能长到"参天"。向上原是好的，但我往往看见枝叶花果蒸蒸日上，似乎忘记了下面的根，觉得其样子可恶；你们是靠它养活的，怎么只管高踞上面，绝不理睬它呢？你们的生命建设在它上面，怎么只管贪图自己的光荣，而绝不回顾处在泥土中的根本呢？花木大都如此。甚至下面的根已经被砍，而上面的花叶还是欣欣向荣，在那里作最后一刻的威福，真是可恶而又可怜！杨柳没有这般可恶可怜的样子：它不是不会向上生长。它长得很快，而且很高；但是越长得高，越垂得低。千万条陌头细柳，条条不忘记根本，常常俯首顾着下面，时时借了春风之力，向处在泥土中的根本拜舞，或者和它亲吻。好像一群活泼的孩子环绕着他们的慈母而游戏，但时时依傍到慈母的身旁去，或者扑进慈母的怀里去，使人看了觉得非常可爱。杨柳树也有高出墙头的，但我不嫌它高，为了它高而能下，为了它高而不忘本。

自古以来，诗文常以杨柳为春的一种主要题材。写春景曰"万树垂杨"，写春色曰"陌头杨柳"，或竟称春天为"柳条春"。我以为这并非仅为杨柳当春抽条的原故，实因其树有一种特殊的姿态，与和平美丽的春光十分调和的原故。这种姿态的特殊点，便是"下垂"。不然，当春发芽的树木不知凡几，何以专让柳条作春的主人呢？只为别的树木都凭仗了东君的势力而拼命向上，一味求高，忘记了自己的根本，其贪婪之相不合于春的精神。最能象征春的神意的，只有垂杨。

这是我昨天看了西湖边上的杨柳而一时兴起的感想。但我所赞美的不仅是西湖上的杨柳。在这几天的春光之下，乡村处处的杨柳都有这般可赞美的姿态。西湖似乎太高贵了，反而不适于栽植这种"贱"的垂杨呢。

一九三五年三月四日于杭州

第四章 / 吹灭读书灯,一身都是月

天下第一好事，还是读书[1] /季羡林

古今中外赞美读书的名人和文章，多得不可胜数。张元济先生有一句简单朴素的话："天下第一好事，还是读书。""天下"而又"第一"，可见他对读书重要性的认识。

为什么读书是一件"好事"呢？

也许有人认为，这问题提得幼稚而又突兀。这就等于问"为什么人要吃饭"一样，因为没有人反对吃饭，也没有人说读书不是一件好事。

但是，我却认为，凡事都必须问一个"为什么"，事出都有因，不应当马马虎虎，等闲视之。现在就谈一谈我个人的认识，谈一谈读书为什么是一件好事。

凡是事情古老的，我们常常总说"自从盘古开天地"。我现在还要从盘古开天地以前谈起，从人类脱离了兽界进入人界开

---
[1] 本文原标题为《书海浮槎》序。

始谈。人变成了人以后，就开始积累人的智慧，这种智慧如滚雪球，越滚越大，也就是越积越多。禽兽似乎没有发现有这种本领。一只蠢猪一万年以前是这样蠢，到了今天仍然是这样蠢，没有增加什么智慧。人则不然，不但能随时增加智慧，而且根据我的观察，增加的速度越来越快，有如物体从高空下坠一般。到了今天，达到了知识爆炸的水平。最近一段时间以来，克隆使全世界的人都大吃一惊。有的人竟忧心忡忡，不知这种技术发展伊于胡底。信耶稣教的人担心将来一旦克隆出来了人，他们的上帝将向何处躲藏。

人类千百年以来保存智慧的手段不出两端：一是实物，比如长城等等；二是书籍，以后者为主。在发明文字以前，保存智慧靠记忆；文字发明了以后，则使用书籍。把脑海里记忆的东西搬出来，搬到纸上，就形成了书籍，书籍是贮存人类代代相传的智慧的宝库。后一代的人必须读书，才能继承和发扬前人的智慧。人类之所以能够进步，永远不停地向前迈进，靠的就是能读书又能写书的本领。我常常想，人类向前发展，有如接力赛跑，第一代人跑第一棒；第二代人接过棒来，跑第二棒，以至第三棒、第四棒，永远跑下去，永无穷尽，这样智慧的传承也永无穷尽。这样的传承靠的主要就是书，书是事关人类智慧传承的大事，这样一来，读书不是"天下第一好事"又是什

第四章 吹灭读书灯，一身都是月

么呢？

但是，话又说了回来，中国历代都有"读书无用论"的说法。读书的知识分子，古代通称之为"秀才"，常常成为取笑的对象，比如说什么"秀才造反，三年不成"，是取笑秀才的无能。这话不无道理。在古代——请注意，我说的是"在古代"，今天已经完全不同了——造反而成功者几乎都是不识字的痞子流氓，中国历史上两个马上皇帝，开国"英主"，刘邦和朱元璋，都属此类。诗人只有慨叹"可惜刘项不读书"。"秀才"最多也只有成为这一批地痞流氓的"帮忙"或者"帮闲"，帮不上的就只好慨叹"儒冠多误身"了。

但是，话还要再说回来，中国悠久的优秀的传统文化的传承者，是这一批地痞流氓，还是"秀才"？答案皎如天日。这一批"读书无用论"的现身"说法"者的"高祖"、"太祖"之类，除了镇压人民剥削人民之外，只给后代留下了什么陵之类，供今天搞旅游的人赚钱而已。他们对我们国家竟无贡献可言。

总而言之，"天下第一好事，还是读书"。

一九九七年四月八日

读书的经验　　/周作人

买到一册新刻的《汴宋竹枝词》，李于潢著，卷头有蒋湘南的一篇《李李村墓志铭》，写得诙诡而又朴实，读了很是喜欢，查《七经楼文钞》里却是没有。我看着这篇文章，想起自己读书的经验，深感到这件事之不容易，摸着门固难，而指点向人亦几乎无用。

在书房里我念过四书五经、《唐诗三百首》与《古文析义》，只算是学了识字，后来看书乃是从闲书学来，《西游记》与《水浒传》，《聊斋志异》与《阅微草堂笔记》，可以说是两大类。至于文章的好坏，思想的是非，知道一点别择，那还在其后，也不知道怎样的能够得门径，恐怕其实有些是偶然碰着的吧。即如蒋子潇，我在看见《游艺录》以前，简直不知道有这么一个人，父师的教训向来只说周程张朱，便是我爱杂览，不但道咸后的文章，即使今人著作里，也不曾告诉我蒋子潇的名字，我之因《游艺录》而爱好他，再去找《七经楼文》与《春晖阁诗》来读，想起来真是偶然。可是不料偶然又偶然，我在中国文人中又找出俞理初、袁中郎、李卓吾来，大抵是同样的机缘，虽然今人推重李卓老者不是没有，但是我所取者却非是破坏而在其建设，其可贵处是合理有情，奇辟横肆都只是外貌而已。

我从这些人里取出来的也就是这一些些，正如有取于佛菩萨与禹稷之传说，以及保守此传说精神之释子与儒家。这话有点说得远了，总之这些都是点点滴滴的集合拢来，所谓粒粒皆辛苦的，在自己看来觉得很可珍惜，同时却又深知道对于别人无甚好处，而仍不免常要饶舌，岂真敝帚自珍，殆是旧性难改乎。

外国书读得很少，不敢随便说，但取舍也总有的。在这里我也未能领解正统的名著，只是任意挑了几个，别无名人指导，差不多也就是偶然碰着，与读中国书没有什么两样。我所找着的，在文学批评是丹麦勃阑兑思，乡土研究是日本柳田国男，文化人类学是英国蔼来则，性的心理是蔼理斯。这都是世界的学术大家，对于那些专门学问我不敢伸一个指头下去，可是拿他们的著作来略为涉猎，未始没有益处，只要能吸收一点进来，使自己的见识增深或推广一分也好，回过去看人生能够多少明白一点，就很满足了。

近年来时常听到一种时髦话，慨叹说中国太欧化了，我想这在服用娱乐方面或者还勉强说得，若是思想上哪里有欧化气味，所有的恐怕只是道士气、秀才气以及官气而已。想要救治，却正用得着科学精神，这本来是希腊文明的产物，不过至近代而始光大，实在也即是王仲任所谓疾虚妄的精神，也本是儒家所具有者也。我不知怎的觉得西哲如蔼理斯等的思想实在与李俞诸君还是一鼻孔出着气的，所不同的只是后者靠直觉懂得了人情物理，前者则从学理通过了来，事实虽是差不多，但更是确实，盖智慧从知识上来者其根基自深固也。这些洋书并不怎么难于消化，只须有相当的常识与虚心，如中学办得适宜，这与外国文的学力都不难习得，此外如再有读书的兴趣，这件事便已至少有了八分光了。我自己读书一直是暗中摸索，虽然后来找到一点点东西，总是事倍功半，因此常想略有陈述，贡其一得，若野芹蜇口，恐亦未免，唯有惶恐耳。

近来因为渐已懂得文章的好坏，对于自己所写的决不敢自以为好，若是里边所说的话，那又是别一问题。我从民国六年以来写白话文，近五六年写的多是读书随笔，不怪小朋友们的厌恶，我自己也戏称曰文抄公，不过说尽是那么说，写也总是写着，觉得这里边不无有些可取的东西。对于这种文章不以为非的，想起来有两个人，其一是一位外国的朋友，其二是亡友

第四章 吹灭读书灯，一身都是月

烨斋。烨斋不是他的真名字，乃是我所戏题，可是写信时也曾用过，可以算是受过默许的。他于最后见面的一次还说及，他自己觉得这样的文很有意思，虽然青年未必能解，有如他的小世兄，便以为这些都是小品文，文抄公，总是该死的。那时我说，自己并不以为怎么了不得，但总之要想说自己所能说的话，假如关于某一事物，这些话别人来写也会说的，我便不想来写。有些话自然也是颇无味的，但是如《瓜豆集》的头几篇，关于鬼神、家庭、妇女特别是娼妓问题，都有我自己的意见在，而这些意见有的就是上边所说的读书的结果，我相信这与别人不尽同，就是比我十年前的意见也更是正确。所以人家不理解，于别人不能有好处，虽然我十分承认，且以为当然，然而在同时也相信这仍是值得写，因为我终于只是一个读书人，读书所得就只这一点，如不写点下来，未免可惜。在这里我知道自己稍缺少谦虚，却也是无法。我不喜欢假话，自己不知道的都已除掉，略有所知的就不能不承认，如再谦让也即是说诳了。至于此外许多事情，我实在不大清楚，所以我总是竭诚谦虚的。

入厕读书　　/周作人

郝懿行[①]著《晒书堂笔录》卷四有《入厕读书》一条云：

旧传有妇人笃奉佛经，虽入厕时亦讽诵不辍，后得善果而竟卒于厕，传以为戒，虽出释氏教人之言，未必可信，然亦足见污秽之区，非讽诵所宜也。《归田录》载钱思公言平生好读书，坐则读经史，卧则读小说，上厕则阅小词，谢希深亦言宋公垂每走厕必挟书以往，讽诵之声琅然闻于远近。余读而笑之，入厕脱裤，手又携卷，非惟太亵，亦苦甚忙，人即笃学，何至乃尔耶。至欧公谓希深言平生所作文章多在三上，乃马上枕上厕上也，盖惟此尤可以属思尔，此语却妙，妙在亲切不浮也。

[①]郝懿行，字恂九，号兰皋，山东栖霞人，清嘉庆年间进士，著有《尔雅义疏》等，编者注。

第四章　吹灭读书灯，一身都是月

郝君的文章写得很有意思，但是我稍有异议，因为我是颇赞成厕上看书的。小时候听祖父说，北京的跟班有一句口诀云，老爷吃饭快，小的拉矢快，跟班的话里含有一种讨便宜的意思，恐怕也是事实。一个人上厕的时间本来难以一定，但总未必很短，而且这与吃饭不同，无论时间怎么短总觉得这是白费的，想方法要来利用它一下。如吾乡老百姓上茅坑时多顺便喝一筒旱烟，或者有人在河沿石磴下淘米洗衣，或有人挑担走过，又可以高声谈话，说这米几个铜钱一升或是到什么地方去。读书，这无非是喝旱烟的意思罢了。

话虽如此，有些地方原来也只好喝旱烟，于读书是不大相宜的。上文所说浙江某处一带沿河的茅坑，是其一。从前在南京曾经寄寓在一个湖南朋友的书店里，这位朋友姓刘，我从赵伯先那边认识了他，那年有乡试，他在花牌楼附近开了一家书店，我患病住在学堂里很不舒服，他就叫我住到他那里去，替我煮药煮粥，招呼考相公卖书，暗地还要运动革命，他的精神实在是很可佩服的。我睡在柜台里面书架子的背后，吃药喝粥都在那里，可是便所却在门外，要走出店门，走过一两家门面，一块空地的墙根的垃圾堆上。到那地方去我甚以为苦，这一半固然由于生病走不动，就是在康健时也总未必愿意去的，是其二。民国八年夏我到日本日向去访友，住在一个名叫木城的山

晴耕雨读，得闲饮茶

村里，那里的便所虽然同普通一样上边有屋顶，周围有板壁门窗，但是他同住房离开有十来丈远，孤立田间，晚间要提了灯笼去，下雨还得撑伞，而那里雨又似乎特别多，我住了五天总有四天是下雨，是其三。末了是北京的那种茅厕，只有一个坑两垛砖头，雨淋风吹日晒全不管。去年往定州访伏园，那里的茅厕是琉球式的，人在岸上，猪在坑中，猪咕咕的叫，不习惯的人难免要害怕，哪有工夫看什么书，是其四。

《语林》云，石崇厕有绛纱帐大床，茵蓐甚丽，两婢持锦香囊，这又是太阔气了，也不适宜。其实我的意思是很简单的，只要有屋顶，有墙有窗有门，晚上可以点灯，没有电灯就点白蜡烛亦可，离住房不妨有二三十步，虽然也要用雨伞，好在北方不大下雨。如有这样的厕所，那么上厕时随意带本书去读读我想倒还是呒啥的吧。

谷崎润一郎著《摄阳随笔》中有一篇《阴翳礼赞》，第二节说到日本建筑的厕所的好处。在京都奈良的寺院里，厕所都是旧式的，阴暗而扫除清洁，设在闻得到绿叶的气味青苔的气味的草木丛中，与住房隔离，有板廊相通。

蹲在这阴暗光线之中，受着微明的纸障的反射，耽于瞑想，或望着窗外院中的景色，这种感觉真是说不出地好。他又说：

第四章 吹灭读书灯，一身都是月

我重复地说，这里须得有某种程度的阴暗，彻底的清洁，连蚊子的呻吟声也听得清楚的寂静，都是必须的条件。我很喜欢在这样的厕所里听萧萧地下着的雨声。特别在关东的厕所，靠着地板装有细长的扫出尘土的小窗，所以那从屋檐或树叶上滴下来的雨点，洗了石灯笼的脚，润了跕脚石上的苔，幽幽地沁到土里去的雨声，更能够近身地听到。实在这厕所是宜于虫声，宜于鸟声，亦复宜于月夜，要赏识四季随时的物情之最相适的地方，恐怕古来的俳人曾从此处得到过无数的题材吧。这样看来，那么说日本建筑之中最是造得风流的是厕所，也没有什么不可。

谷崎压根儿是个诗人，所以说得那么好，或者也就有点华饰，不过这也只是在文字上，意思却是不错的。日本在近古的战国时代前后，文化的保存与创造差不多全在五山的寺院里，这使得风气一变，如由工笔的院画转为水墨的枯木竹石，建筑自然也是如此，而茶室为之代表，厕之风流化正其余波也。

佛教徒似乎对于厕所向来很是讲究。偶读大小乘戒律，觉得印度先贤十分周密地注意于人生各方面，非常佩服，即以入厕一事而论，后汉译《大比丘三千威仪》下列举"至舍后者有二十五事"，宋译《萨婆多部毗尼摩得勒伽》六自"云何下风"

至"云何筹草"凡十三条,唐义净著《南海寄归内法传》二有第十八"便利之事"一章,都有详细的规定,有的是很严肃而幽默,读了忍不住五体投地。我们又看《水浒传》鲁智深做过菜头之后还可以升为净头,可见中国寺里在古时候也还是注意此事的。但是,至少在现今这总是不然了,民国十年我在西山养过半年病,住在碧云寺的十方堂里,各处走到,不见略略像样的厕所,只如在《山中杂信》五所说:

我的行踪近来已经推广到东边的"水泉"。这地方确是还好,我于每天清早没有游客的时候去徜徉一会,赏鉴那山水之美。只可惜不大干净,路上很多气味,——因为陈列着许多《本草》上的所谓人中黄。我想中国真是一个奇妙的国,在那里人们不容易得着营养料,也没有办法处置他们的排泄物。

在这种情形之下,中国寺院有普通厕所已经是大好了,想去找可以瞑想或读书的地方如何可得。出家人那么拆烂污,难怪白衣矣。

但是假如有干净的厕所,上厕时看点书却还是可以的,想作文则可不必。书也无须分好经史子集,随便看看都成。我有

第四章 吹灭读书灯,一身都是月

一个常例,便是不拿善本或难懂的书去,虽然看文法书也是寻常。据我的经验,看随笔一类最好,顶不行的是小说。至于朗诵,我们现在不读八大家文,自然可以无须了。

十月

读书   /老舍

若是学者才准念书，我就什么也不要说了。大概书不是专为学者预备的；那么，我可要多嘴了。

从我一生下来直到如今，没人盼望我成个学者；我永远喜欢服从多数人的意见。可是我爱念书。

书的种类很多，能和我有交情的可很少。我有决定念什么的全权；自幼儿我就会逃学，愣挨板子也不肯说我爱《三字经》和《百家姓》。对，《三字经》便可以代表一类——这类书，据我看，顶好在判了无期徒刑以后去念，反正活着也没多大味儿。这类书可真不少，不知道为什么；也许是犯无期徒刑罪的太多；要不然便是太少——我自己就常想杀些写这类书的人。我可是还没杀过一个，一来是因为——我才明白过来——写这样书的人敢情有好些已经死了，比如写《尚书》的那位李二哥。二来

第四章 吹灭读书灯,一身都是月

是因为现在还有些人专爱念这类书,我不便得罪人太多了。顶好,我看是不管别人;我不爱念的就不动好了。好在,我爸爸没希望我成个学者。

第二类书也与咱无缘:书上满是公式,没有一个"然而"和"所以"。据说,这类书里藏着打开宇宙秘密的小金钥匙。我倒久想明白点真理,如地是圆的之类;可是这种书别扭,它老瞪着我。书不老老实实的当本书,瞪人干吗呀?我不能受这个气!有一回,一位朋友给我一本《相对论原理》,他说:明白这个就什么都明白了。我下了决心去念这本宝贝书。读了两个"配纸",我遇上了一个公式。我跟它"相对"了两点多钟!往后边一看,公式还多了去啦!我知道和它们"相对"下去,它们也许不在乎,我还活着不呢?

可是我对这类书,老有点敬意。这类书和第一类有些不同,我看得出。第一类书不是没法懂,而是懂了以后使我更糊涂。以我现在的理解力——比上我七岁的时候,我现在满可以作圣人了——我能明白"人之初,性本善"。明白完了,紧跟着就糊涂了:昨儿个晚上,我还挨了小女儿——玫瑰唇的小天使——一个嘴巴。我知道这个小天使性本不善,她才两岁。第二类书根本就看不懂,可是人家的纸上没印着一句废话;懂不懂的,人家不闹玄虚,它瞪我,或者我是该瞪。我的心这么一软,便把它好好放在书架上；好打好散，别太伤了和气。

这要说到第三类书了。其实这不该算一类；就这么算吧，顺嘴。这类书是这样的：名气挺大，念过的人总不肯说它坏，没念过的人老怪害羞的说将要念。譬如说《元曲》，太炎"先生"的文章，罗马的悲剧，辛克莱的小说，《大公报》——不知是哪儿出版的一本书——都算在这类里，这些书我也都拿起来过，随手便又放下了。这里还就属那本《大公报》有点劲。我不害羞，永远不说将要念。好些书的广告与威风是很大的，我只能承认那些广告作得不错，谁管它威风不威风呢。

"类"还多着呢，不便再说；有上面的三项也就足以证明我怎样的不高明了。该说读的方法。

怎样读书，在这里，是个自决的问题；我说我的，没勉强谁跟我学。第一，我读书没系统。借着什么，买着什么，遇着什么，就读什么。不懂的放下，使我糊涂的放下，没趣味的放下，不客气。我不能叫书管着我。

第二，读得很快，而不记住。书要都叫我记住，还要书干吗？书应该记住自己。对我，最讨厌的发问是："那个典故是哪儿的呢？""那句书是怎么来着？"我永不回答这样的考问，即使我记得。我又不是印刷器养的，管你这一套！

读得快，因为我有时候跳过几页去。不合我的意，我就练

第四章 吹灭读书灯，一身都是月

习跳远。书要是不服气的话，来跳我呀！看侦探小说的时候，我先看最后的几页，省事。

第三，读完一本书，没有批评，谁也不告诉。一告诉就糟："嘿，你读《啼笑因缘》？"要大家都不读《啼笑因缘》，人家写它干吗呢？一批评就糟："尊家这点意见？"我不惹气。读完一本书再打通儿架，不上算。我有我的爱与不爱，存在我自己心里。我爱念什么就念，有什么心得我自己知道，这是种享受，虽然显得自私一点。

再说呢，我读书似乎只要求一点灵感。"印象甚佳"便是好书，我没工夫去细细分析它，所以根本便不能批评。"印象甚佳"有时候并不是全书的，而是书中的一段最入我的味；因为这一段使我对这全书有了好感；其实这一段的美或者正足以破坏了全体的美，但是我不去管；有一段叫我喜欢两天的，我就感谢不尽。因此，设若我真去批评，大概是高明不了。

第四，我不读自己的书，不愿谈论自己的书。"儿子是自己的好"，我还不晓得，因为自己还没有过儿子。有个小女儿，女儿能不能代表儿子，就不得而知。"老婆是别人的好"，我也不敢加以拥护，特别是在家里。但是我准知道，书是别人的好。别人的书自然未必都好，可是至少给我一点我不知道的东西。

自己的,一提都头疼!自己的书,和自己的运气,好像永远是一对儿累赘。

第五,哼,算了吧。

载一九三四年十二月《太白》第一卷第七期

写字　　/老舍

假若我是个洋鬼子，我一定也得以为中国字有趣。换个样儿说，一个中国人而不会写笔好字，必定觉得不是味儿；所以我常不得劲儿。

写字算不算一种艺术，和作官算不算革命，我都弄不清楚。我只知道好字看着顺眼。顺眼当然不一定就是美，正如我老看自己的鼻子顺眼而不能自居姓艺名术字子美。可是顺眼也不算坏事，还没有人因为鼻子长得顺眼而去投河。再说，顺眼也颇不容易；无论你怎样自居为宝玉，你的鼻子没有我的这么顺眼，就干脆没办法；我的鼻子是天生带来的，不是在医院安上的。说到写字，写一笔漂亮字儿，不容易。工夫，天才，都得有点。这两样，我都有，可就是没人求我写字，真叫人起急！

看着别人写，个儿是个儿，笔力是笔力，真馋得慌。尤其堵得慌的是看着人家往张先生或李先生那里送纸，还得作揖，说好话，甚至于请吃饭。没人理我。我给人家作揖，人家还把纸藏起去。写好了扇子，白送给人家，人家道完谢，去另换扇面。气死人不偿命，简直的是！

只有一个办法：遇上丧事必送挽联，遇上喜事必送红对，自己写。敢不挂，玩命！人家也知道这个，哪敢不挂？可是挂在什么地方就大有分寸了。我老得到不见阳光，或厕所附近，找我写的东西去。行一回人情总得头疼两天。

顶伤心的是我并不是不用心写呀。哼，越使劲越糟！纸是好纸，墨是好墨，笔是好笔，工具满对得起人。写的时候，焚上香，开开窗户，还先读读碑帖。一笔不苟，横平竖直；挂起来看吧，一串倭瓜，没劲！不是这个大那个小，就是歪着一个。行列有时像歪脖树，有时像曲线美。整齐自然不是美的要素；要命是个个字像傻蛋，怎么耍俏怎么不行。纸算糟蹋远了去啦。要讲成绩的话，我就有一样好处，比别人糟蹋的纸多。

可是，"东风常向北，北风也有转南时"，我也出过两回风头。一回是在英国一个乡村里。有位英国朋友死了，因为在中国住过几年，所以留下遗言。墓碣上要几个中国字。我去吊丧，死鬼的太太就这么跟我一提。我晓得运气来了，登时包办下来；马上回伦敦取笔墨砚，紧跟着跑回去，当众开彩。全村子的人横是差不多都来了吧，只有我会写；我还告诉他们：我不仅是会写，而且写得好。写完了，我就给他们掰开揉碎的一讲，这笔有什么讲究，那笔有什么讲究。他们的眼睛都睁得圆圆的，眼珠里满是惊叹号。我一直痛快了半个多月。后来，我那几个字真刻在石头上了，一点也不瞎吹。"光荣是中国的，艺术之神多着一位。天上落下白米饭，小鬼儿闷闷的哭；因为仓颉泄露了天机！"我还记得作了这样高伟的诗。

第二回是在中国，这就更不容易了。前年我到远处去讲演。那里没有一个我的熟人。讲演完了，大家以为我很有学问，我就棍打腿地声明自己的学问很大，他们提什么我总知道，不知道的假装一笑，作为不便于说，他们简直不晓得我吃几碗干饭了，我更不便于告诉他们。提到写字，我又那么一笑。喝，不大会儿，玉版宣来了一堆。我差点乐疯了。平常老是自己买纸，这回我可捞着了！我也相信这次必能写得好：平常总是拿着劲，放不开胆，所以写得不自然；这次我给他个信马由缰，随笔写来，必有佳作。中堂，屏条，对联，写多了，直写了半天。写得确是不坏，大家也都说好。就是在我辞别的时候，我看出点毛病来：好些人跟招待我的人嘀咕，我很听见了几句："别叫这小子走！""那怎好意思？""叫他赔纸！""算了吧，他从老远来的。"……招待员总算懂眼，知道我确是卖了力气写的，所以大家没一定叫我赔纸;到如今我还以为这一次我的成绩顶好,从量上质上说都下得去。无论怎么说,总算我过了瘾。

我知道自己的字不行,可有一层,谁的孩子谁不爱呢!是不是,二哥?

买书   /朱自清

买书也是我的嗜好，和抽烟一样。但这两件事我其实都不在行，尤其是买书。在北平这地方，像我那样买，像我买的那些书，说出来真寒碜死人；不过本文所要说的既非诀窍，也算不得经验，只是些小小的故事，想来也无妨的。

在家乡中学时候，家里每月给零用一元。大部分都报效了一家广益书局，取回些杂志及新书。那老板姓张，有点儿抽肩膀，老是捧着水烟袋；可是人好，我们不觉得他有市侩气。他肯给我们这班孩子记账。每到节下，我总欠他一元多钱。他催得并不怎么紧；向家里商量商量，先还个一元也就成了。那时候最爱读的一本《佛学易解》（贾丰臻著，中华书局印行）就是从张手里买的。那时候不买旧书，因为家里有。只有一回，不知那儿捡来《文心雕龙》的名字，急着想看，便去旧书铺访求：有一家拿出一部广州套版的，要一元钱，买不起；后来另买到一部，书品也还好，纸墨差些，却只花了小洋三角。这部书还在，两三年前给换上了磁青纸的皮儿，却显得配不上。

到北平来上学入了哲学系，还是喜欢找佛学书看。那时候佛经流通处在西城卧佛寺街鹫峰寺。在街口下了车，一直走，快到城根儿了，才看见那个寺。那是个阴沉沉的秋天下午，街上只有我一个人。到寺里买了《因明入正理论疏》《百法明门论疏》《翻译名义集》等。这股傻劲儿回味起来颇有意思；正像那回从天坛出来，挨着城根，独自个儿，探险似的穿过许多没人走的碱地去访陶然亭一样。在毕业的那年，到琉璃厂华洋书庄去，看见新版韦伯斯特大字典，定价才十四元。可是十四元并不容易找。想来想去，只好硬了心肠将结婚时候父亲给做的一件紫毛（猫皮）水獭领大氅亲手拿着，走到后门一家当铺里去，说当十四元钱。柜上人似乎没有什么留难就答应了。这件大氅是布面子，土式样，领子小而毛杂——原是用了两副"马蹄袖"拼凑起来的。父亲给做这件衣服，可很费了点张罗。拿去当的时候，也踌躇了一下，却终于舍不得那本字典。想着将来准赎出来就是了。想不到竟不能赎出来，这是直到现在翻那本字典时常引为遗憾的。

重来北平之后，有一年忽然想搜集一些杜诗。一家小书铺叫文雅堂的给找了不少，都不算贵；那伙计是个麻子，一脸笑，

第四章　吹灭读书灯，一身都是月

是铺子里少掌柜的。铺子靠他父亲支持，并没有什么好书；去年他父亲死了，他本人不大内行，让伙计吃了，现在长远不来了，他不知怎么样。说起杜诗，有一回，一家书铺送来高丽本《杜律分韵》，两本书，索价三百元。书极不相干而索价如此之高，荒谬之至，况且书面上原购者明明写着"以银二两得之"。第二天另一家送来一样的书，只要二元钱，我立刻买下。北平的书价，离奇有如此者。

旧历正月里厂甸的书摊值得看；有些人天天巡礼去。我住的远，每年只去一个下午——上午摊儿少。土地祠内外人山人海摩肩接踵地来往。也买过些零碎东西；其中有一本是《伦敦竹枝词》，花了三毛钱。买来以后，恰好《论语》要稿子，选抄了些寄去，加上一点说明，居然得着五元稿费。这是仅有的一次，买的书赚了钱。

在伦敦的时候，从寓所出来，走过近旁小街。有一家小书店门口摆着一架旧书。上前去徘徊了一下，看见一本《牛津书话选》（The Book Lovers' Anthology），烫花布面，装订不马虎，四百多面，本子也不小，准有七八成新，才一先令六便士，那时合中国一元三毛钱，比东安市场旧洋书还贱些。这选本节录许多名家诗文，说到书的各方面的；性质有点像叶德辉氏《书林清话》，但不像《清话》有系统；他们旨趣原是两样的。

因为买这本书，结识了那掌柜的；他以后给我找了不少便宜的旧书。有一种书，他找不到旧的，便和我说，他们批购新书按七五扣，他愿意少赚一扣，按九扣卖给我。我没有要他这么办，但是很感谢他的好意。

一九三五年一月十日

三家书店 /朱自清

伦敦卖旧书的铺子,集中在切林克拉斯路(Charing Cross Road);那是热闹地方,顶容易找。路不宽,也不长,只这么弯弯的一段儿;两旁不短的是书,玻璃窗里齐整整排着的,门口摊儿上乱哄哄摆着的,都有。加上那徘徊在窗前的,围绕着摊儿的,看书的人,到处显得拥拥挤挤,看过去路便更窄了。摊儿上看最痛快,随你翻,用不着"劳驾""多谢";可是让风吹日晒的到底没什么好书,要看好的还得进铺子去。进去了有时也可随便看,随便翻,但用得着"劳驾""多谢"的时候也有;不过爱买不买,决不至于遭白眼。说是旧书,新书可也有的是;只是来者多数为的旧书罢了。

最大的一家要算福也尔(Foyle),在路西;新旧大楼隔着一道小街相对着,共占七号门牌,都是四层,旧大楼还带地下室——可并不是地窖子。店里按着书的性质分二十五部;地下

晴耕雨读，得闲饮茶

室里满是旧文学书。这爿店二十八年前本是一家小铺子，只用了一个店员；现在店员差不多到了二百人，藏书到了二百万种，伦敦的《晨报》称为"世界最大的新旧书店"。两边店门口也摆着书摊儿，可是比别家的大。我的一本《袖珍欧洲指南》，就在这儿从那穿了满染着书尘的工作衣的店员手里，用半价买到的。在摊儿上翻书的时候，往往看不见店员的影子；等到选好了书四面找他，他却从不知那一个角落里钻出来了。但最值得流连的还是那间地下室；那儿有好多排书架子，地上还东一堆西一堆的。乍进去，好像掉在书海里；慢慢地才找出道儿来。屋里不够亮，土又多，离窗户远些的地方，白日也得开灯。可是看得自在；他们是早七点到晚九点，你待个几点钟不在乎，一天去几趟也不在乎。只有一件，不可着急。你得像逛庙会逛小市那样，一半玩儿，一半当真，翻翻看看，看看翻翻；也许好几回碰不见一本合意的书，也许霎时间到手了不止一本。

　　开铺子少不了生意经，福也尔的却颇高雅。他们在旧大楼的四层上留出一间美术馆，不时地展览一些画。去看不花钱，还送展览目录；目录后面印着几行字，告诉你要买美术书可到馆旁艺术部去。展览的画也并不坏，有卖的，有不卖的。他们又常在馆里举行演讲会，讲的人和主席的人当中，不缺少知名的。听讲也不用花钱；只每季的演讲程序表下，"恭请你注意组

第四章　吹灭读书灯，一身都是月

织演讲会的福也尔书店"。还有所谓文学午餐会，记得也在馆里。他们请一两个小名人做主角，随便谁，纳了餐费便可加入；英国的午餐很简单，费不会多。假使有闲工夫，去领略领略那名隽的谈吐，倒也值得的，不过去的却并不怎样多。

牛津街是伦敦的东西通衢，繁华无比，街上呢绒店最多；但也有一家大书铺，叫做彭勃思（Bumpus）的便是。这铺子开设于一七九〇年左右，原在别处；一八五〇年在牛津街开了一个分店，十九世纪末便全挪到那边去了，维多利亚时代，店主多马斯彭勃思很通声气，来往的有迭更斯，兰姆，麦考莱，威治威斯等人；铺子就在这时候出了名。店后本连着旧法院，有看守所，守卫室等，十几年来都让店里给买下了。这点古迹增加了人对于书店的趣味。法院的会议圆厅现在专作书籍展览会之用；守卫室陈列插图的书，看守所变成新书的货栈。但当日的光景还可从一些画里看出：如十八世纪罗兰生（Rowlandson）所画守卫室内部，是晚上各守卫提了灯准备去查监的情形，瞧着很忙碌的样子。再有一个图，画的是一七二九的一个守卫，神气够凶的。看守所也有一幅画，砖砌的一重重大拱门，石板铺的地，看守室的厚木板门严严锁着，只留下一个小方窗，还用十字形的铁条界着；真是铜墙铁壁，插翅也飞不出去。

这家铺子是五层大楼，却没有福也尔家地方大。下层卖新书,三楼卖儿童书,外国书,四楼五楼卖廉价书;二楼卖绝版书,难得的本子,精装的新书,还有《圣经》,祈祷书,书影等等,似乎是菁华所在。他们有初印本,精印本,著者自印本,著者签字本等目录,搜罗甚博,福也尔家所不及。新书用小牛皮或摩洛哥皮(山羊皮——羊皮也可仿制)装订,烫上金色或别种颜色的立体派图案;稀疏的几条平直线或弧线,还有"点儿",错综着配置,透出干净,利落,平静,显豁,看了心目清朗。装订的书,数这儿讲究,别家书店里少见。书影是仿中世纪的抄本的一叶,大抵是祷文之类。中世纪抄本用黑色花体字,文首第一字母和叶边空处,常用蓝色金色画上各种花饰,典丽矞皇,穷极工巧,而又经久不变;仿本自然说不上这些,只取其也有一点古色古香罢了。

一九三一年里,这铺子举行过两回展览会,一回是剑桥书籍展览,一回是近代插图书籍展览,都在那"会议厅"里。重要的自然是第一回。牛津剑桥是英国最著名的大学;各有印刷所,也都著名。这里从前展览过牛津书籍,现在再展览剑桥的,可谓无遗憾了。这一年是剑桥目下的辟特印刷所(The Pitt Press)奠基百年纪念,展览会便为的庆祝这个。展览会由鼎鼎大名的斯密兹将军(General Smuts)开幕,到者有科学家詹姆士金斯(James Jeans),亚特爱丁顿(Arthur Eddington),还

第四章 吹灭读书灯，一身都是月

有别的人。展览分两部，现在出版的书约莫四千册是一类；另一类是历史部分。剑桥的书字型清晰，墨色匀称，行款合式，书扉和书衣上最见工夫；尤其擅长的是算学书，专门的科学书。这两种书需要极精密的技巧，极仔细的校对；剑桥是第一把手。但是这些东西，还有他们印的那些冷僻的外国语书，都卖得少，赚不了钱。除了是大学印刷所，别家大概很少愿意承印。剑桥又承印《圣经》；英国准印《圣经》的只剑桥牛津和王家印刷人。斯密兹说剑桥就靠《圣经》和教科书赚钱。可是《泰晤士报》社论中说现在印《圣经》的责任重大，认真地考究地印，也只能够本罢了。——一五八八年英国最早的《圣经》便是由剑桥承印的。

英国印第一本书，出于伦敦威廉甲克司登（William Caxton）之手，那是一四七七年。到了一五二一年，约翰席勒齐（John Siberch）来到剑桥，一年内印了八本书，剑桥印刷事业才创始。八年之后，大学方面因为有一家书纸店与异端的新教派勾结，怕他们利用书籍宣传，便呈请政府，求英王核准，在剑桥只许有三家书铺，让他们宣誓不卖未经大学检查员审定的书。那时英王是亨利第八；一五三四年颁给他们勅书，授权他们选三家书纸店兼印刷人，或书铺，"印行大学校长或他的代理人等所审定的各种书籍"。这便是剑桥印书的法律根据。不过直

晴耕雨读，得闲饮茶

到一五八三年，他们才真正印起书来。那时伦敦各家书纸店有印书的专利权，任意抬高价钱。他们妒忌剑桥印书，更恨的是卖得贱。恰好一六二〇年剑桥翻印了他们一本文法书，他们就在法庭告了一状。剑桥师生老早不乐意他们抬价钱，这一来更愤愤不平；大学副校长第二年乘英王詹姆士第一上新市场去，半路上就递上一件呈子，附了一个比较价目表。这样小题大做，真有些书呆子气。王和诸大臣商议了一下，批道，我们现在事情很多，没工夫讨论大学与诸家书纸店的权益；但准大学印刷人出售那些文法书，以救济他的支绌。这算是碰了个软钉子，可也算是胜利。那呈子，那批，和上文说的那本《圣经》都在这一回展览中。席勃齐印的八本书也有两种在这里。此外还有一六二九年初印的定本《圣经》，书扉雕刻繁细，手艺精工之极。又密尔顿《力息达斯》（Lycidas）的初本也在展览着，那是经他亲手校改过的。

近代插图书籍展览，在圣诞节前不久，大约是让做父母的给孩子们多买点节礼吧。但在一个外国人，却也值得看看。展览的是七十年来的作品，虽没有什么系统，在这里却可以找着各种美，各种趋势。插图与装饰画不一样，得吟味原书的文字，透出自己的机锋。心要灵，手要熟，二者不可缺一。或实写，或想象，因原书情境，画人性习而异。——童话的插图却只得

第四章 吹灭读书灯，一身都是月

凭空着笔，想象更自由些；在不自由的成人看来，也许别有一种滋味。看过赵译《阿丽思漫游奇境记》里谭尼尔（John Tenniel）的插画的，当会有同感吧。——所展览的，幽默，秀美，粗豪，典重，各擅胜场，琳琅满目；有人称为"视觉的音乐"，颇为近之。最有味的，同一作家，各家插画所表现的却大不相同。譬如我默伽亚谟（Omar Khayyam），莎士比亚，几乎在一个人手里一个样子；展览会里书多，比较着看方便，可以扩充眼界。插图有"黑白"的，有彩色的；"黑白"的多，为的省事省钱。就黑白画而论，从前是雕版，后来是照相；照相虽然精细，可是失掉了那种生力，只要拿原稿对看就会觉出。这儿也展览原稿，或是灰笔画，或是水彩画；不但可以"对看"，也可以让那些艺术家更和我们接近些。《观察报》记者记这回展览会，说插图的书，字往往印得特别大，意在和谐；却实在不便看。他主张书与图分开，字还照寻常大小印。他自然指大本子而言。但那种"和谐"其实也可爱；若说不便，这种书原是让你慢慢玩赏的，那能像读报一样目下数行呢？再说，将配好了的对儿生生拆开，不但大小不称，怕还要多花钱。

  诗籍铺（The Poetry Bookshop）真是米米小，在一个大地方的一道小街上。叫"名街"，实在一条小胡同吧。门前不大见车马,不说;就是行人,一天也只寥寥几个。那道街斜对着无人不知的大英博物院;街口钉着小小的一块字号木牌。初次去时,人家教在博物院左近找。问院门口守卫,他不知道有这个铺子,问路上戴着常礼帽的老者,他想没有这么一个铺子;好容易才找着那块小木牌,真是"远在天边,近在眼前"。这铺子从前在另一处,那才冷僻,连裴罗克的地图上都没名字,据说那儿是一所老宅子,才真够诗味,挪到现在这样平常的地带,未免太可惜。那时候美国游客常去,一个原因许是美国看不见那样老宅子。

诗人赫洛德孟罗(Harold Monro)在一九一二年创办了这爿诗籍铺。用意在让诗与社会发生点切实的关系。孟罗是二十多年来伦敦文学生涯里一个要紧角色。从一九一一年给诗社办《诗刊》(Poetry Review)起知名。在第一期里,他说,"诗与人生的关系得再认真讨论,用于别种艺术的标准也该用于诗。"他觉得能做诗的该做诗,有困难时该帮助他,让他能做下去;一般人也该念诗,受用诗。为了前一件,他要自办杂志,为了后一件,他要办读诗会;为了这两件,他办了诗籍铺。这铺子印行过《乔治诗选》(Georgian Poetry),乔治是现在英王的名字,意思就是当代诗选,所收的都是代表作家。第一册出版,

第四章 吹灭读书灯，一身都是月

一时风靡，买诗念诗的都多了起来；社会确乎大受影响。诗选共五册；出第五册时在一九二二年，那时乔治诗人的诗兴却渐渐衰了。一九一九年到一九二五年铺子里又印行《市本》月刊（The Chapbook）登载诗歌，评论，木刻等，颇多新进作家。

读诗会也在铺子里；星期四晚上准六点钟起，在一间小楼上。一年中也有些时候定好了没有。从创始以来，差不多没有间断过。前前后后著名的诗人几乎都在这儿读过诗：他们自己的诗，或他们喜欢的诗。入场券六便士，在英国算贱，合四五毛钱。在伦敦的时候，也去过两回。那时孟罗病了，不大能问事，铺子里颇为黯淡。两回都是他夫人爱立达克莱曼答斯基（Alida Klementaski）读，说是找不着别人。那间小楼也容得下四五十位子，两回去，人都不少；第二回满了座，而且几乎都是女人——还有挨着墙站着听的。屋内只读诗的人小桌上一盏蓝罩子的桌灯亮着，幽幽的。她读济兹和别人的诗，读得很好，口齿既清楚，又有顿挫，内行说，能表出原诗的情味。英国诗有两种读法，将每个重音咬得清清楚楚，顿挫的地方用力，和说话的调子不相像，约翰德林瓦特（John Drinkwater）便主张这一种。他说，读诗若用说话的调子，太随便，诗会跑了。但是参用一点儿，像克莱曼答斯基女士那样，也似乎自然流利，别有味道。这怕要看什么样的诗，什么样的读诗人，不可一概而论。但英国读诗，除不吟而诵，与中国根本不同之处，还有一件：他们按着文气停顿，不按着行，也不一定按着韵脚。这因为他们的诗以轻重为节奏，文句组织又不同，往往一句跨两行三行，却非作一句读不可，韵脚便只得轻轻地滑过去。读诗是一种才能，但也需要训练；他们注重这个，训练的机会多，所以是诗人都能来一手。

铺子在楼下，只一间，可是和读诗那座楼远隔着一条甬道。屋子有点黑，四壁是书架，中间桌上放着些诗歌篇子（Sheets），木刻画。篇子有宽长两种，印着诗歌，加上些零星的彩画，是给大人和孩子玩儿的。犄角儿上一张账桌子，坐着一个戴近视眼镜的，和蔼可亲的，圆脸的中年妇人。桌前装着火炉，炉旁蹲着一只大白狮子猫，和女人一样胖。有时也遇见克莱曼答斯基女士，匆匆地来匆匆地去。孟罗死在一九三二年三月十五日。第二天晚上到铺子里去，看见两个年轻人在和那女人司账说话；说到诗，说到人生，都是哀悼孟罗的。话音很悲伤，却如清泉流泻，差不多句句像诗；女司账说不出什么，唯唯而已。孟罗在日最尽力于诗人文人的结合，他老让各色的才人聚在一块儿。又好客，家里炉旁（英国终年有用火炉的时候）常有许多人聚谈,到深夜才去。这两位青年的伤感不是偶然的。他的铺子可是赚不了钱;死后由他夫人接手,勉强张罗,现在许还开着。

一九三四年十月二十七日作

第五章 四方食事,人间烟火

馋　　/梁实秋

馋，在英文里找不到一个十分适当的字。罗马暴君尼禄，以至于英国的亨利八世，在大宴群臣的时候，常见其撕下一根根又粗又壮的鸡腿，举起来大嚼，旁若无人，好一副饕餮相！但那不是馋。埃及废王法鲁克，据说每天早餐一口气吃二十个荷包蛋，也不是馋，只是放肆，只是没有吃相。对某一种食物有所偏好，于是大量地吃，这是贪多无厌。馋，则着重在食物的质，最需要满足的是品味。上天生人，在他嘴里安放一条舌，舌上还有无数的味蕾，教人焉得不馋？馋，基于生理的要求；也可以发展成为近于艺术的趣味。

也许我们中国人特别馋一些。馋①字从食，毚声。毚音谗，本义是狡兔，善于奔走，人为了口腹之欲，不惜多方奔走以膏馋吻，所谓"为了一张嘴，跑断两条腿"。真正的馋人，为了

---

①饞——编者注。

吃，决不懒。我有一位亲戚，属汉军旗，又穷又馋。一日傍晚，大风雪，老头子缩头缩脑偎着小煤炉子取暖。他的儿子下班回家，顺路市得四只鸭梨，以一只奉其父。父得梨，大喜，当即啃了半只，随后就披衣戴帽，拿着一只小碗，冲出门外，在风雪交加中不见了人影。他的儿子只听得大门哐啷一声响，追已无及。越一小时，老头子托着小碗回来了，原来他是要吃温桲①拌梨丝！从前酒席，一上来就是四干、四鲜、四蜜饯，温桲、鸭梨是现成的，饭后一盘温桲拌梨丝别有风味（没有鸭梨的时候白菜心也能代替）。这老头子吃剩半个梨，突然想起此味，乃不惜于风雪之中奔走一小时。这就是馋。

  人之最馋的时候是在想吃一样东西而又不可得的那一段期间。希腊神话中之谭塔勒斯，水深及颚而不得饮，果实当前而不得食，饿火中烧，痛苦万状，他的感觉不是馋，是求生不成求死不得。馋没有这样的严重。人之犯馋，是在饱暖之余，眼看着、回想起或是谈论到某一美味，喉头像是有馋虫搔抓作痒，只好干咽唾沫。一旦得遂所愿，恣情享受，浑身通泰。抗战七八年，我在后方，真想吃故都的食物，人就是这个样子，对于家乡风味总是念念不忘，其实"千里莼羹，未下盐豉"也不见得像传说的那样迷人。我曾痴想北平羊头肉的风味，想了七八

---

① 指榅桲，后同。

第五章　四方食事，人间烟火

年；胜利还乡之后，一个冬夜，听得深巷卖羊头肉小贩的吆喝声，立即从被窝里爬出来，把小贩唤进门洞，我坐在懒椅上看着他于暗淡的油灯照明之下，抽出一把雪亮的薄刀，横着刀刃片羊脸子，片得飞薄，然后取出一只蒙着纱布的羊角，撒上一些椒盐。我托着一盘羊头肉，重复钻进被窝，在枕上一片一片的羊头肉放进嘴里，不知不觉地进入了睡乡，十分满足地解了馋瘾。但是，老实讲，滋味虽好，总不及在痴想时所想象的香。我小时候，早晨跟我哥哥步行到大鹁鸽市陶氏学堂上学，校门口有个小吃摊贩，切下一片片的东西放在碟子上，撒上红糖汁、玫瑰木樨，淡紫色，样子实在令人馋涎欲滴。走近看，知道是糯米藕。一问价钱，要四个铜板，而我们早点费每天只有两个铜板。我们当下决定，饿一天，明天就可以一尝异味。所付代价太大，所以也不能常吃。糯米藕一直在我心中留下不可磨灭的印象。后来成家立业，想吃糯米藕不费吹灰之力，餐馆里有时也有供应，不过浅尝辄止，不复有当年之馋。

　　馋与阶级无关。豪富人家，日食万钱，犹云无下箸处，是因为他这种所谓饮食之人放纵过度，连馋的本能和机会都被剥夺了，他不是不馋，也不是太馋，他麻木了，所以他就要千方百计地在食物方面寻求新的材料、新的刺激。我有一位朋友，湖南桂东县人，他那偏僻小县却因乳猪而著名，他告我说每年某巨公派人前去采购乳猪，搭飞机运走，充实他的郇厨。烤乳猪，何地无之？何必远求？我还记得有人治寿筵，客有专诚献"烤方"者，选尺余见方的细皮嫩肉的猪臀一整块，用铁钩挂在架上，以炭火燔炙，时而武火，时而文火，烤数小时而皮焦肉熟。上桌时，先是一盘脆皮，随后是大薄片的白肉，其味绝美，与广东的烤猪或北平的炉肉风味不同，使得一桌的珍馐相形见绌。可见天下之口有同嗜，普通的一块上好的猪肉，苟处理得法，即快朵颐。像《世说新语》所谓，王武子家的烝豚，乃是以人乳喂养的，实在觉得多此一举，怪不得魏武未终席而去。人是肉食动物，不必等到"七十者可以食肉矣"，平素有一些肉类佐餐，也就可以满足了。

北平人馋，可是也没听说有谁真个馋死，或是为了馋而倾家荡产。大抵好吃的东西都有个季节，逢时按节地享受一番，会因自然调节而不逾矩。开春吃春饼，随后黄花鱼上市，紧接着大头鱼也来了，恰巧这时候后院花椒树发芽，正好掐下来烹鱼。鱼季过后，青蛤当令。紫藤花开，吃藤萝饼，玫瑰花开，吃玫瑰饼；还有枣泥大花糕。到了夏季，"老鸡头才上河哟"，紧接着是菱角、莲蓬、藕、豌豆糕、驴打滚、艾窝窝，一起出现。席上常见水晶肘,坊间唱卖烧羊肉,这时候嫩黄瓜、新蒜头应时而至。秋风一起,先闻到糖炒栗子的气味,然后就是炰烤涮羊肉,还有七尖八团的大螃蟹。"老婆老婆你别馋,过了腊八就是年。"过年前后,食物的丰盛就更不必细说。一年四季的馋,周而复始的吃。

馋非罪,反而是胃口好、健康的现象,比食而不知其味要好得多。

酸梅汤与糖葫芦　　/ 梁实秋

夏天喝酸梅汤，冬天吃糖葫芦，在北平是不分阶级人人都能享受的事。不过东西也有精粗之别。琉璃厂信远斋的酸梅汤与糖葫芦，特别考究，与其他各处或街头小贩所供应者大有不同。

徐凌霄《旧都百话》关于酸梅汤有这样的记载：

暑天之冰，以冰梅汤为最流行，大街小巷，干鲜果铺的门口，都可以看见"冰镇梅汤"四字的木檐横额。有的黄底黑字，甚为工致，迎风招展，好似酒家的帘子一样，使过往的热人，望梅止渴，富于吸引力。昔年京朝大老，贵客雅流，有闲工夫，常常要到琉璃厂逛逛书铺，品品古董，考考版本，消磨长昼。天热口干，辄以信远斋梅汤为解渴之需。

第五章　四方食事，人间烟火

信远斋铺面很小，只有两间小小门面，临街是旧式玻璃门窗，拂拭得一尘不染，门楣上一块黑漆金字匾额，铺内清洁简单，道地北平式的装修。进门右手方有黑漆大木桶一，里面有一大白瓷罐，罐外周围全是碎冰，罐里是酸梅汤，所以名为冰镇，北平的冰是从什刹海或护城河挖取藏在窖内的，冰块里可以看见草皮木屑，泥沙秽物更不能免，是不能放在饮料里喝的。什刹海会贤堂的名件"冰碗"，莲蓬、桃仁、杏仁、菱角、藕都放在冰块上，食客不嫌其脏，真是不可思议。有人甚至把冰块放在酸梅汤里！信远斋的冰镇就高明多了。因为桶大罐小冰多，喝起来凉沁脾胃。它的酸梅汤的成功秘诀，是冰糖多、梅汁稠、水少，所以味浓而醼。上口冰凉，甜酸适度，含在嘴里如品纯醪，舍不得下咽。很少人能站在那里喝那一小碗而不再喝一碗的。抗战胜利还乡，我带孩子们到信远斋，我准许他们能喝多少碗都可以。他们连尽七碗方始罢休。我每次去喝，不是为解渴，是为解馋。我不知道为什么没有人动脑筋把信远斋的酸梅汤制为罐头行销各地，而一任"可口可乐"到处猖狂。

信远斋也卖酸梅卤、酸梅糕。卤冲水可以制酸梅汤，但是无论如何不能像站在那木桶旁边细啜那样有味。我自己在家也

晴耕雨读，得闲饮茶

曾试做，在药铺买了乌梅，在干果铺买了大块冰糖，不惜工本，仍难如愿。信远斋掌柜姓萧，一团和气，我曾问他何以仿制不成，他回答得很妙："请您过来喝，别自己费事了。"

信远斋也卖蜜饯、冰糖子儿、糖葫芦。以糖葫芦为最出色。北平糖葫芦分三种。一种用麦芽糖，北平话是糖稀，可以做大串山里红的糖葫芦，可以长达五尺多，这种大糖葫芦，新年厂甸卖的最多。麦芽糖裹水杏儿（没长大的绿杏），很好吃，做糖葫芦就不见佳，尤其是山里红常是烂的或是带虫子屎。另一种用白糖和了粘上去，冷了之后白汪汪的一层霜，另有风味。正宗是冰糖葫芦，薄薄一层糖，透明雪亮。材料种类甚多，诸如海棠、山药、山药豆、杏干、葡萄、橘子、荸荠、核桃，但是以山里红为正宗。山里红，即山楂，北地盛产，味酸，裹糖则极可口。一般的糖葫芦皆用半尺来长的竹签，街头小贩所售，多染尘沙，而且品质粗劣。东安市场所售较为高级。但仍以信远斋所制为最精，不用竹签，每一颗山里红或海棠均单个独立，所用之果皆硕大无疵，而且干净，放在垫了油纸的纸盒中由客携去。

离开北平就没吃过糖葫芦，实在想念。近有客自北平来，说起糖葫芦，据称在北平这种不属于任何一个阶级的食物几已绝迹。他说我们在台湾自己家里也未尝不可试做，台湾虽无山里红，其他水果种类不少，沾了冰糖汁，放在一块涂了油的玻璃板上，送入冰箱冷冻，岂不即可等着大嚼？他说他制成之后将邀我共尝，但是迄今尚无下文，不知结果如何。

做饭　　/ 汪曾祺

我不会做什么菜,可是不知道怎么竟会弄得名闻海峡两岸。这是因为有几位台湾朋友在我家吃过我做的菜,大加宣传而造成的。我只能做几个家常菜。大菜,我做不了。我到海南岛去,东道主送了我好些鱼翅、燕窝,我放在那里一直没有动,因为不知道怎么做。有一点特色,可以称为我家小菜保留节目的有这些:

拌荠菜、拌菠菜。荠菜焯熟,切碎,香干切米粒大,与荠菜同拌,在盘中用手抟成宝塔状,塔顶放泡好的海米,上堆姜米、蒜米。好酱油、醋、香油放在茶杯内,荠菜上桌后,浇在顶上,将荠菜推倒,拌匀,即可下箸。佐酒甚妙。没有荠菜的季节,可用嫩菠菜以同法制。这样做的拌菠菜比北京用芝麻酱拌的要好吃得多。这道菜已经在北京的几位作家中推广,凡试做者,无不成功。

第五章　四方食事，人间烟火

干丝。这是淮扬菜，旧只有烫干丝，大白豆腐干片为薄片（刀工好的师傅，一块豆腐干能片十六片），再切为细丝。酱油、醋、香油调好备用。干丝用开水烫后，上放青蒜米、姜丝（要嫩姜，切极细），将调料淋下，即得。这本是茶馆中在点心未蒸熟之前，先上桌佐茶的闲食，后来饭馆里也当一道菜卖了。煮干丝的历史我想不超过一百年。上汤（鸡汤或骨头汤）加火腿丝、鸡丝、冬菇丝、虾籽同熬（什么鲜东西都可以往里搁），下干丝，加盐，略加酱油，使微有色，煮两三开，加姜丝，即可上桌。聂华苓有一次上我家来，吃得非常开心，最后连汤汁都端起来喝了。北京大方豆腐干甚少见，可用豆腐片代。干丝重要的是刀工。袁子才谓"有味者使之出，无味者使之入"，干丝切得极细，方能入味。

烧小萝卜。台湾陈怡真到北京来，指名要我做菜，我给她做了几个菜，有一道是烧小萝卜，我知道台湾没有小红水萝卜（台湾只有白萝卜）。做菜看对象，要做客人没有吃过的，才觉新鲜。北京小水萝卜一年里只有几天最好。早几天，萝卜没长好，少水分，发艮，且有辣味，不甜；过了这几天，又长过了，糠。陈怡真运气好，正赶上小萝卜最好的时候。她吃了，赞不绝口。我做的烧小萝卜确实很好吃，因为是用干贝烧的。"粗菜细做"，是制家常菜的不二法门。

塞肉回锅油条。这是我的发明,可以申请专利。油条切成寸半长的小段,用手指将内层掏出空隙,塞入肉茸、葱花、榨菜末,下油锅重炸。油条有矾,较之春卷尤有风味。回锅油条极酥脆,嚼之真可声动十里人。

炒青苞谷。新玉米剥出粒,与瘦猪肉末同炒,加青辣椒。昆明菜。

其余的菜如冰糖肘子、腐乳肉、腌笃鲜、水煮牛肉、干煸牛肉丝、冬笋雪里蕻炒鸡丝、清蒸轻盐黄花鱼、川冬菜炒碎肉……大家都会做,也都是那个做法,不列举。

做菜要有想象力,爱琢磨,如苏东坡所说,"忽出新意";要多实践,学做一样菜总得失败几次,方能得其要领;也需要翻翻食谱。在我所看的闲书中,食谱占一个重要地位。食谱中写得最好的,我以为还得数袁子才的《随园食单》。这家伙确实很会吃,而且能说出个道道。如前面所说,"有味者使之出,无味者使之入",实是经验的总结。"荤菜素油炒,素菜荤油炒",尤为至理名言。

做菜的乐趣第一是买菜。我做菜都是自己去买的。到菜市场要走一段路,这也是散步,是运动。我什么功也不练,只练"买菜功"。我不爱逛商店,爱逛菜市。看看那些碧绿生青、新鲜水灵的瓜菜,令人感到生之喜悦。其次是切菜、炒菜都得站着,对于一个终日伏案的人来说,改变一下身体的姿势是有好处的。最大的乐趣还是看家人或客人吃得很高兴,盘盘见底。做菜的人一般吃菜很少。我的菜端上来之后,我只是每样尝两筷,然后就坐着抽烟、喝茶、喝酒。从这点说起来,愿意做菜给别人吃的人是比较不自私的。

诗曰:

年年岁岁一床书,
弄笔晴窗且自娱。
更有一般堪笑处,
六平方米作邱厨。

一九九三年八月十三日

五味 /汪曾祺

山西人真能吃醋!几个山西人在北京下饭馆,坐定之后,还没有点菜,先把醋瓶子拿过来,每人喝了三调羹醋。邻座的客人直瞪眼。有一年我到太原去,快过春节了。别处过春节,都供应一点好酒,太原的油盐店却都贴出一个条子:"供应老陈醋,每户一斤"。这在山西人是大事。

山西人还爱吃酸菜,雁北尤甚。什么都拿来酸,除了萝卜白菜,还包括杨树叶子,榆树钱儿,有人来给姑娘说亲,当妈的先问,那家有几口酸菜缸。酸菜缸多,说明家底子厚。

辽宁人爱吃酸菜白肉火锅。

北京人吃羊肉酸菜汤下杂面。

福建人、广西人爱吃酸笋,我和贾平凹在南宁,不爱吃招待所的饭,到外面瞎吃。平凹一进门,就叫:"老友面!""老友面"者,酸笋肉丝氽汤下面也,不知道为什么叫作"老友"。

第五章　四方食事，人间烟火

傣族人也爱吃酸。酸笋炖鸡是名菜。

延庆山里夏天爱吃酸饭。把好好的饭焐酸了，用井拔凉水一和，呼呼地就下去了三碗。

都说苏州菜甜，其实苏州菜只是淡，真正甜的是无锡，无锡炒鳝糊放那么多糖！包子的肉馅里也放很多糖，没法吃！

四川夹沙肉用大片肥猪肉夹了洗沙蒸，广西芋头扣肉用大片肥猪肉夹芋泥蒸，都极甜，很好吃，但我最多只能吃两片。

广东人爱吃甜食。昆明金碧路有一家广东人开的甜品店，卖芝麻糊、绿豆沙，广东同学趋之若鹜。"番薯糖水"即用白薯切块熬的汤，这有什么好喝的呢？广东同学曰："好！"

北京人不是不爱吃甜，只是过去糖难得。我家曾有老保姆，正定乡下人，六十多岁了。她还有个婆婆，八十几了。她有一次要回乡探亲，临行称了两斤白糖，说她的婆婆就爱喝个白糖水。

北京人很保守，过去不知苦瓜为何物，近年有人学会吃了，菜农也有种的了。农贸市场上有很好的苦瓜卖，属于"细菜"，价颇昂。

北京人过去不吃蕹菜，不吃木耳菜，近年也有人爱吃了。

北京人在口味上开放了！

北京人过去就知道吃大白菜，由此可见，大白菜主义是可以被打倒的。

北京人初春吃苣荬菜。苣荬菜分甜荬、苦荬，苦荬相当的苦。

有一个贵州的年轻女演员上我们剧团学戏，她的妈妈远迢迢给她寄来一包东西，是"择耳根"，或名"则尔根"，即鱼腥草。她让我尝了几根。这是什么东西？苦，倒不要紧，它有一股强烈的生鱼腥味，实在招架不了！

剧团有一干部，是写字幕的，有时也管杂务。此人是个吃辣的专家，他每天中午饭不吃菜，吃辣椒下饭。全国各地的，少数民族的，各种辣椒，他都千方百计地弄来吃。剧团到上海演出，他帮助搞伙食，这下好，不会缺辣椒吃。原以为上海辣椒不好买，他下车第二天就找到一家专卖各种辣椒的铺子，上海人有一些是能吃辣的。

我们吃辣是在昆明练出来的，曾跟几个贵州同学在一起用青辣椒在火上烧烧，蘸盐水下酒，平生所吃辣椒之多矣，什么朝天椒、野山椒，都不在话下。我吃过最辣的辣椒是在越南。一九四七年，由越南转道往上海，在海防街头吃牛肉粉。牛肉极嫩，汤极鲜，辣椒极辣，一碗汤粉，放三四丝辣椒就辣得不行。这种辣椒的颜色是橘黄色的。在川北，听说有一种辣椒本身不能吃，用一根线吊在灶上，汤做得了，把辣椒在汤里涮涮，

第五章 四方食事，人间烟火

就辣得不得了。云南佤佤族有一种辣椒，叫"涮涮辣"，与川北吊在灶上的辣椒大概不相上下。

四川不能说是最能吃辣的省份。川菜的特点是辣且麻，——搁很多花椒。四川的小面馆的墙壁上黑漆大书三个字：麻辣烫。麻婆豆腐、干煸牛肉丝、棒棒鸡，不放花椒不行。花椒得是川椒，捣碎，菜做好了，最后再放。

周作人说他的家乡整年吃咸极了的咸菜和咸极了的咸鱼，浙东人确实吃得很咸。有个同学，是台州人，到铺子里吃包子，掰开包子就往里倒酱油。口味的咸淡和地域是有关系的。北京人说南甜北咸东辣西酸，大体不错。河北、东北人口重，福建菜多很淡。但这与个人的性格习惯也有关。湖北菜并不咸，但闻一多先生却嫌云南蒙自的菜太淡。

中国人过去对吃盐很讲究，如桃花盐、水晶盐，"吴盐胜雪"，现在则全国都吃再制精盐。只有四川人腌咸菜还坚持用自贡产的井盐。

我不知道世界上还有什么国家的人爱吃臭。

过去上海、南京、汉口都卖油炸臭豆腐干。长沙火宫殿的臭豆腐因为一个大人物年轻时常吃而出名，这位大人物后来还去吃过，说了一句话："火宫殿的臭豆腐还是好吃。""文化大革命"中火宫殿的影壁上就出现了两行大字：

晴耕雨读，得闲饮茶

最高指示：

火宫殿的臭豆腐还是好吃。

我们一个同志到南京出差，他的爱人是南京人，嘱咐他带一点臭豆腐干回来。他千方百计，居然办到了。带到火车上，引起一车厢的人强烈抗议。

除豆腐干外，面筋、百叶（千张）皆可臭。蔬菜里的莴苣、冬瓜、豇豆皆可臭。冬笋的老根咬不动，切下来随手就扔进臭坛子里。——我们那里很多人家都有个臭坛子，一坛子"臭卤"。腌芥菜挤下的汁放几天即成"臭卤"。臭物中最特殊的是臭苋菜秆。苋菜长老了，主茎可粗如拇指，高三四尺，截成二寸许小段，入臭坛。臭熟后，外皮是硬的，里面的芯成果冻状。噙住一头，一吸，芯肉即入口中。这是佐粥的无上妙品。我们那里叫作"苋菜秸子"，湖南人谓之"苋菜咕"，因为吸起来"咕"的一声。

北京人说的臭豆腐指臭豆腐乳。过去是小贩沿街叫卖的："臭豆腐，酱豆腐，王致和的臭豆腐。"臭豆腐就贴饼子，熬一锅虾米皮白菜汤，好饭！现在王致和的臭豆腐用很大的玻璃方瓶装，很不方便，一瓶一百块，得很长时间才能吃完，而且卖得很贵,成了奢侈品。我很希望这种包装能改进,一器装五块足矣。

我在美国吃过最臭的"气死"(干酪),洋人多闻之掩鼻,对我说起来实在没有什么,比臭豆腐差远了。

甚矣,中国人口味之杂也,敢说堪为世界之冠。

故乡的野菜　　/ 周作人

我的故乡不止一个,凡我住过的地方都是故乡。故乡对于我并没有什么特别的情分,只因钓于斯游于斯的关系,朝夕会面,遂成相识,正如乡村里的邻舍一样,虽然不是亲属,别后有时也要想念到他。我在浙东住过十几年,南京东京都住过六年,这都是我的故乡;现在住在北京,于是北京就成了我的家乡了。

日前我的妻往西单市场买菜回来,说起有荠菜在那里卖着,我便想起浙东的事来。荠菜是浙东人春天常吃的野菜,乡间不必说,就是城里只要有后园的人家都可以随时采食,妇女小儿各拿一把剪刀一只"苗篮",蹲在地上搜寻,是一种有趣味的游戏的工作。那时小孩们唱道:"荠菜马兰头,姊姊嫁在后门头。"后来马兰头有乡人拿来进城售卖了,但荠菜还是一种野菜,须得自家去采。关于荠菜向来颇有风雅的传说,不过这似乎以吴地为主。《西湖游览志》云:"三月三日男女皆戴荠菜花。谚云,三春戴荠花,桃李羞繁华。"顾禄的《清嘉录》上亦说:"荠菜花俗呼野菜花,因谚有'三月三,蚂蚁上灶山'之语,三日人家皆以野菜花置灶陉上,以厌虫蚁。侵晨村童叫卖不绝。或妇女簪髻上以祈清目,俗号眼亮花。"但浙东却不很理会这些事情,只是挑来做菜或炒年糕吃罢了。

黄花麦果通称鼠曲草,系菊科植物,叶小微圆互生,表面有白毛,花黄色,簇生梢头。春天采嫩叶,捣烂去汁,和粉作糕,称黄花麦果糕。小孩们有歌赞美之云:

黄花麦果韧结结,
关得大门自要吃:
半块拿弗出,一块自要吃。

清明前后扫墓时,有些人家——大约是保存古风的人——用黄花麦果作供,但不作饼状,做成小颗如指顶大,或细条如小指,以五六个作一攒,名曰茧果,不知是什么意思,或因蚕上山时设祭,也用这种食品,故有是称,亦未可知。自从十二三岁时外出不参与外祖家扫墓以后,不复见过茧果,近来住在北京,也不再见黄花麦果的影子了。日本称作"御形",与荠菜同为春的七草之一，也采来做点心用，状如艾饺，名曰"草饼"，春分前后多食之，在北京也有，但是吃去总是日本风味，不复是儿时的黄花麦果糕了。

扫墓时候所常吃的还有一种野菜，俗名草紫，通称紫云英。农人在收获后，播种田内，用作肥料，是一种很被贱视的植物，但采取嫩茎瀹食，味颇鲜美，似豌豆苗。花紫红色，数十亩接连不断，一片锦绣，如铺着华美的地毯，非常好看，而且花朵状若蝴蝶，又如鸡雏，尤为小孩所喜。间有白色的花，相传可以治痢，很是珍重，但不易得。日本《俳句大辞典》云："此草与蒲公英同是习见的东西，从幼年时代便已熟识，在女人里边，不曾采过紫云英的人，恐未必有罢。"中国古来没有花环，但紫云英的花球却是小孩常玩的东西，这一层我还替那些小人们欣幸的。浙东扫墓用鼓吹，所以少年常随了乐音去看"上坟船里的姣姣"；没有钱的人家虽没有鼓吹，但是船头上篷窗下总露出些紫云英和杜鹃的花束，这也就是上坟船的确实的证据了。

南北的点心 /周作人

中国地大物博,风俗与土产随地各有不同,因为一直缺少人纪录,有许多值得也是应该知道的事物,我们至今不能知道清楚,特别是关于衣食住的事项。我这里只就点心这个题目,依据浅陋所知,来说几句话,希望抛砖引玉,有旅行既广,游历又多的同志们,从各方面来报道出来,对于爱乡爱国的教育,或者也不无小补吧。

我是浙江东部人,可是在北京住了将近四十年,因此南腔北调,对于南北情形都知道一点,却没有深厚的了解。据我的观察来说,中国南北两路的点心,根本性质上有一个很大的区别。简单的下一句断语,北方的点心是常食的性质,南方的则是闲食。

我们只看北京人家做饺子馄饨面总是十分苴实,馅决不考究,面用芝麻酱拌,最好也只是炸酱;馒头全是实心。本来是

晴耕雨读，得闲饮茶

代饭用的，只要吃饱就好，所以并不求精。

若是回过来走到东安市场，往五芳斋去叫了来吃，尽管是同样名称，做法便大不一样，别说蟹黄包干，鸡肉馄饨，就是一碗三鲜汤面，也是精细鲜美的。可是有一层，这决不可能吃饱当饭，一则因为价钱比较贵，二则昔时无此习惯。

抗战以后上海也有阳春面，可以当饭了，但那是新时代的产物，在老辈看来，是不大可以为训的。我母亲如果在世，已有一百岁了，她生前便是绝对不承认点心可以当饭的，有时生点小毛病，不喜吃大米饭，随叫家里做点馄饨或面来充饥，即使一天里仍然吃过三回，她却总说今天胃口不开，因为吃不下饭去，因此可以证明那馄饨和面都不能算是饭。这种论断，虽然有点儿近于武断，但也可以说是有客观的佐证，因为南方的点心是闲食，做法也是趋于精细鲜美，不取苴实一路的。

上文五芳斋固然是很好的例子，我还可以再举出南方做烙饼的方法来，更为具体，也有意思。我们故乡是在钱塘江的东岸，那里不常吃面食，可是有烙饼这物事。这里要注意的，是"烙"不读作"老"字音，乃是"洛"字入声，又名为山东饼，这证明原来是模仿大饼而作的，但是烙法却大不相同了，乡间卖馄饨面和馒头都分别有专门的店铺，唯独这烙饼只有摊，而且也不是每天都有，这要等待哪里有社戏，才有几个摆在戏台

第五章　四方食事，人间烟火

附近，供看戏的人买吃，价格是每个制钱三文，计油条价二文，葱酱和饼只要一文罢了。做法是先将原本两折的油条扯开，改作三折，在熬盘上烤焦，同时在预先做好的直径约二寸，厚约一分的圆饼上，满搽红酱和辣酱，撒上葱花，卷在油条外面，再烤一下，就做成了。它的特色是油条加葱酱烤过，香辣好吃，那所谓饼只是包裹油条的东西，乃是客而非主，拿来与北方原来的大饼相比，厚大如茶盘，卷上黄酱与大葱，大嚼一张，可供一饱，这里便显出很大的不同来了。

上边所说的点心偏于面食一方面，这在北方本来不算是闲食吧。此外还有一类干点心，北京称为饽饽，这才当作闲食，大概与南方并无什么差别。但是这里也有一点不同，据我的考察，北方的点心历史古，南方的历史新，古者可能还有唐宋遗制，新的只是明朝中叶吧。点心铺招牌上有常用的两句话，我想借来用在这里，似乎也还适当，北方可以称为"官礼茶食"，南方则是"嘉湖细点"。

我们这里且来作一点烦琐的考证，可以多少明白这时代的先后。查清顾张思的《土风录》卷六，"点心"条下云：小食曰点心，见《吴曾漫录》。唐郑傪为江淮留后，家人备夫人晨馔，夫人谓其弟曰："治妆未毕，我未及餐，尔且可点心。"俄而女仆请备夫人点心，傪诟曰："适已点心，今何得又请！"由此可知点心古时即是晨馔。同书又引周辉《北辕录》云："洗漱冠栉毕，点心已至。"后文说明点心中馒头馄饨包子等，可知说的是水点心，在唐朝已有此名了。

茶食一名，据《土风录》云，"干点心曰茶食，见宇文懋昭《金志》：'婿先期拜门，以酒馔往，酒三行，进大软脂小软脂，如中国寒具，又进蜜糕，人各一盘，曰茶食。'"《北辕录》云："金国宴南使，未行酒，先设茶筵，进茶一盏，谓之茶食。"茶食是喝茶时所吃的，与小食不同，大软脂，大抵有如蜜麻花，蜜糕则明系蜜饯之类了。从文献上看来，点心与茶食两者原有区别，性质也就不同，但是后来早已混同了。本文中也就混用，那招牌上的话也只是利用现代文句，茶食与细点作同义语看，用不着再分析了。

我初到北京来的时候，随便在饽饽铺买点东西吃，觉得不大满意，曾经埋怨过这个古都市，积聚了千年以上的文化历史，怎么没有做出些好吃的点心来。老实说，北京的大八件小八件，尽管名称不同，吃起来不免单调，正和五芳斋的前例一样，东安市场内的稻香春所做的南式茶食，并不齐备，但比起来也显得花样要多些了。

过去时代，皇帝向在京里，他的享受当然是很豪华的，却也并不曾创造出什么来，北海公园内旧有"仿膳"，是前清御膳

第五章 四方食事，人间烟火

房的做法，所做小点心，看来也是平常，只是做得小巧一点而已。南方茶食中有些东西，是小时候熟悉的，在北京都没有，也就感觉不满足，例如糖类的酥糖、麻片糖、寸金糖，片类的云片糕、椒桃片、松仁片，软糕类的松子糕、枣子糕、蜜仁糕、桔红糕等。此外有缠类，如松仁缠、核桃缠，乃是在干果上包糖，算是上品茶食，其实倒并不怎么好吃。

南北点心粗细不同，我早已注意到了，但这是怎么一个系统，为什么有这差异？那我也没有法子去查考，因为孤陋寡闻，而且关于点心的文献，实在也不知道有什么书籍。但是事有凑巧，不记得是哪一年，或者什么原因了，总之见到几件北京的旧式点心，平常不大碰见，样式有点别致的，这使我忽然大悟，心想这岂不是在故乡见惯的"官礼茶食"么？

故乡旧式结婚后，照例要给亲戚本家分"喜果"，一种是干果，计核桃、枣子、松子、榛子，讲究的加荔枝、桂圆。又一种是干点心，记不清它的名字。查范寅《越谚》饮食门下，记有金枣和珑缠豆两种，此外我还记得有佛手酥、菊花酥和蛋黄酥等三种。这种东西，平时不通销，店铺里也不常备，要结婚人家订购才有，样子虽然不差，但材料不大考究，即使是可以吃得的佛手酥，也总不及红绫饼或梁湖月饼，所以喜果送来，只供小孩们胡乱吃一阵，大人是不去染指的。可是这类喜果却大抵与北京的一样，而且结婚时节非得使用不可。云片糕等虽是比较要好，却是决不使用的。这是什么理由？

这一类点心是中国旧有的，历代相承，使用于结婚仪式。一方面时势转变，点心上发生了新品种，然而一切仪式都是守旧的，不轻易容许改变，因此即使是送人的喜果，也有一定的规矩，要定做现今市上不通行了的物品来使用。同是一类茶食，在甲地尚在通行，在乙地已出了新的品种，只留着用于"官礼"，这便是南北点心情形不同的缘因了。

上文只说得"官礼茶食"，是旧式的点心，至今流传于北方。至于南方点心的来源，那还得另行说明。"嘉湖细点"这四个字，本是招牌和仿单上的口头禅，现在正好借用过来，说明细点的起源。因为据我的了解，那时期当为前明中叶，而地点则是东吴西浙，嘉兴湖州正是代表地方。我没有文书上的资料，来证明那时吴中饮食丰盛奢华的情形，但以近代苏州饮食风靡南方的事情来作比，这里有点类似。

明朝自永乐以来，政府虽是设在北京，但文化中心一直还是在江南一带。那里官绅富豪生活奢侈，茶食一类也就发达起来。就是水点心，在北方作为常食的，也改作得特别精美，成为以赏味为目的的闲食了。这南北两样的区别，在点心上存在得很久，这里固然有风俗习惯的关系，一时不易改变；但在

第五章 四方食事，人间烟火

"百花齐放"的今日，这至少该得有一种进展了吧。

其实这区别不在于质而只是量的问题，换一句话即是做法的一点不同而已，我们前面说过，家庭的鸡蛋炸酱面与五芳斋的三鲜汤面，固然是一例。此外则有大块粗制的窝窝头，与"仿膳"的一碟十个的小窝窝头，也正是一样的变化。

北京市上有一种爱窝窝，以江米煮饭捣烂（即是糍粑）为皮，中裹糖馅，如元宵大小。李光庭在《乡言解颐》中说明它的起源云：相传明世中官有嗜之者，因名御爱窝窝，今但曰爱而已。这里便是一个例证，在明清两朝里，窝窝头一件食品，便发生了两个变化了。本来常食闲食，都有一定习惯，不易轻轻更变，在各处都一样是闲食的干点心则无妨改良一点做法，做得比较精美，在人民生活水平日益提高的现在，这也未始不是切合实际的事情吧。国内各地方，都富有不少有特色的点心，就只因为地域所限，外边人不能知道，我希望将来不但有人多多报道，而且还同上产果品一样，陆续输到外边来，增加人民的口福。

一九五六年七月

吃的　　/朱自清

提到欧洲的吃喝，谁总会想到巴黎，伦敦是算不上的。不用说别的，就说煎山药蛋吧。法国的切成小骨牌块儿，黄争争的，油汪汪的，香喷喷的；英国的"条儿"（Chips）却半黄半黑，不冷不热，干干儿的什么味也没有，只可以当饱罢了。再说英国饭吃来吃去，主菜无非是煎炸牛肉排羊排骨，配上两样素菜；记得在一个人家住过四个月，只吃过一回煎小牛肝儿，算是新花样。可是菜做得简单，也有好处；材料坏容易见出，像大陆上厨子将坏东西做成好样子，在英国是不会的。大约他们自己也觉着腻味，所以一九二六那一年有一位华衣脱女士（E. White）组织了一个英国民间烹调社，搜求各市各乡的食谱，想给英国菜换点儿花样，让它好吃些。一九三一年十二月烹调社开了一回晚餐会，从十八世纪以来的食谱中选了五样菜（汤和点心在内），据说是又好吃，又不费事。这时候正是英国

第五章　四方食事，人间烟火

的国货年，所以报纸上颇为揄扬一番。可是，现在欧洲的风气，吃饭要少要快，那些陈年的老古董，怕总有些不合时宜吧。

吃饭要快，为的忙，欧洲人不能像咱们那样慢条斯理儿的，大家知道。干吗要少呢？为的卫生，固然不错，还有别的：女的男的都怕胖。女的怕胖，胖了难看；男的也爱那股标劲儿，要像个运动家。这个自然说的是中年人少年人；老头子挺着个大肚子的却有的是。欧洲人一日三餐，分量颇不一样。像德国，早晨只有咖啡面包，晚间常冷食，只有午饭重些。法国早晨是咖啡，月芽饼，午饭晚饭似乎一般分量。英国却早晚饭并重，午饭轻些。英国讲究早饭，和我国成都等处一样。有麦粥，火腿蛋，面包，茶，有时还有熏咸鱼，果子。午饭顶简单的，可以只吃一块烤面包，一杯咖啡；有些小饭店里出卖午饭盒子，是些冷鱼冷肉之类，却没有卖晚饭盒子的。

伦敦头等饭店总是法国菜，二等的有意大利菜、法国菜、瑞士菜之分；旧城馆子和茶饭店等才是本国味道。茶饭店与煎炸店其实都是小饭店的别称。茶饭店的"饭"原指的午饭，可是卖的东西并不简单，吃晚饭满成；煎炸店除了煎炸牛肉排羊排骨之外，也卖别的。头等饭店没去过，意大利的馆子却去过两家。一家在牛津街，规模很不小，晚饭时有女杂耍和跳舞。只记得那回第一道菜是生蚝之类；一种特制的盘子，边上围着

晴耕雨读,得闲饮茶

七八个圆格子,每格放半个生蚝,吃起来很雅相。另一家在由斯敦路,也是个热闹地方。这家却小小的,通心细粉做得最好;将粉切成半分来长的小圈儿,用黄油煎熟了,平铺在盘儿里,洒上干酪(计司)粉,轻松鲜美,妙不可言。还有炸"搠气蚝",鲜嫩清香,蜡蜂,瑶柱,都不能及;只有宁波的蛎黄仿佛近之。

茶饭店便宜的有三家:拉衣恩司(Lyons),快车奶房,ABC面包房。每家都开了许多店子,遍布市内外;ABC比较少些,也贵些,拉衣恩司最多。快车奶房炸小牛肉小牛肝和红烧鸭块都还可口;他们烧鸭块用木炭火,所以颇有中国风味。ABC炸牛肝也可吃,但火急肝老,总差点儿事;点心烤得却好,有几件比得上北平法国面包房。拉衣恩司似乎没什么出色的东西;但他家有两处"角店",都在闹市转角处,那里却有好吃的。角店一是上下两大间,一是三层三大间,都可容一千五百人左右;晚上有乐队奏乐。一进去只见黑压压地坐满了人,过道窄得可以,但是气象颇为阔大(有个英国学生讥为"穷人的宫殿",也许不错);在那里往往找了半天站了半天才等着空位子。这三家所有的店子都用女侍者,只有两处角店里却用了些男侍者——男侍者工钱贵些。男女侍者都穿了黑制服,女的更戴上白帽子,分层招待客人。也只有在角店里才要给点小费

第五章 四方食事，人间烟火

（虽然门上标明"无小费"字样），别处这三家开的铺子里都不用给的。曾去过一处角店，烤鸡做得还入味；但是一只鸡腿就合中国一元五角，若吃鸡翅还要贵点儿。茶饭店有时备着骨牌等等，供客人消遣，可是向侍者要了玩的极少；客人多的地方，老是有人等位子，干脆就用不着备了。此外还有一些生蚝店，专吃生蚝，不便宜；一位房东太太告诉我说"不卫生"，但是吃的人也不见少。吃生蚝却不宜在夏天，所以英国人说月名中没有"R"（五六七八月），生蚝就不当令了。伦敦中国饭店也有七八家，贵贱差得很大，看地方而定。菜虽也有些高低，可都是变相的广东味儿，远不如上海新雅好。在一家广东楼要过一碗鸡肉馄饨，合中国一元六角，也够贵了。

茶饭店里可以吃到一种甜烧饼（Muffin）和窝儿饼（Crumpet）。甜烧饼仿佛我们的火烧，但是没馅儿，软软的，略有甜味，好像掺了米粉做的。窝儿饼面上有好些小窝窝儿，像蜂房，比较地薄，也像掺了米粉。这两样大约都是法国来的；但甜烧饼来得早，至少二百年前就有了。厨师多住在祝来巷（Drury Lane），就是那著名的戏园子的地方；从前用盘子顶在头上卖，手里摇着铃子。那时节人家都爱吃，买了来，多多抹上黄油，在客厅或饭厅壁炉上烤得热辣辣的，让油都浸进去，一口咬下来，要不沾到两边口角上。这种偷闲的生活是很有意思的。但是后来的窝儿饼浸油更容易,更香,又不太厚,太软,有咬嚼些,样式也波俏;人们渐渐地喜欢它,就少买那甜烧饼了。一位女士看了这种光景,心下难过;便写信给《泰晤士报》,为甜烧饼抱不平。《泰晤士报》特地做了一篇小社论,劝人吃甜烧饼以存古风;但对于那位女士所说的窝儿饼的坏话,却宁愿存而不论,大约那论者也是爱吃窝儿饼的。

复活节(三月)时候,人家吃煎饼(Pancake),茶饭店里也卖;这原是忏悔节(二月底)忏悔人晚饭后去教堂之前吃了好熬饿的,现在却在早晨吃了。饼薄而脆,微甜。北平中原公司卖的"胖开克"(煎饼的音译)却未免太"胖",而且软了。——说到煎饼,想起一件事来:美国麻省勃克夏地方(Berkshire Country)有"吃煎饼竞争"的风俗,据《泰晤士报》说,一九三二年的优胜者一气吃下四十二张饼,还有腊肠热咖啡。这可算"真正大肚皮"了。

英国人每日下午四时半左右要喝一回茶,就着烤面包黄油。请茶会时,自然还有别的,如火腿夹面包,生豌豆苗夹面包,茶馒头(Tea Scone)等等。他们很看重下午茶,几乎必不可少。又可乘此请客,比请晚饭简便省钱得多。英国人喜欢喝茶,对于喝咖啡,和法国人相反;他们也煮不好咖啡。喝的茶现在多半是印度茶;茶饭店里虽卖中国茶,但是主顾寥寥。不让利

第五章　四方食事，人间烟火

权外溢固然也有关系，可是不利于中国茶的宣传（如说制时不干净）和茶味太淡才是主要原因。印度茶色浓味苦，加上牛奶和糖正合式；中国红茶不够劲儿，可是香气好。奇怪的是茶饭店里卖的，色香味都淡得没影子。那样茶怎么会运出去，真莫名其妙。

街上偶然会碰着提着筐子卖落花生的（巴黎也有），推着四轮车卖炒栗子的，教人有故国之思。花生栗子都装好一小口袋一小口袋的，栗子车上有炭炉子，一面炒，一面装，一面卖。这些小本经纪在伦敦街上也颇古色古香，点缀一气。栗子是干炒，与我们"糖炒"的差得太多了。——英国人吃饭时也有干果，如核桃，榛子，榧子，还有巴西乌菱（原名Brazils，巴西出产，中国通称"美国乌菱"），乌菱实大而肥，香脆爽口，运到中国的太干，便不大好。他们专有一种干果夹，像钳子，将干果夹进去，使劲一握夹子柄，"格"的一声，皮壳碎裂，有些蹦到远处，也好玩儿的。苏州有瓜子夹，像剪刀，却只透着玲珑小巧，用不上劲儿去。

一九三五年二月四日作

饮食男女在福州　　/ 郁达夫

　　福州的食品,向来很为外省人所赏识。[①]福建菜的所以会这样著名,第一,当然是由于天然物产的富足。福建全省,东南并海,西北多山,所以山珍海味,一例的都贱如泥沙。听说沿海的居民,不必忧虑饥饿,大海潮回,只消上海滨去走走,就可以拾一篮海货来充作食品。又加以地气温暖,土质腴厚,森林蔬菜,随处都可以培植,随时都可以采撷。一年四季,笋类菜类,常是不断;野菜的味道,吃起来又比别处的来得鲜甜。福建既有了这样丰富的天产,再加上以在外省各地游宦营商者的数目的众多,作料采从本地,烹制学自外方,五味调和,百珍并列,于是乎闽菜之名,就宣传在饕餮家的口上了。清初周亮工著的《闽小纪》两卷,记述食品处独多,按理原也是应该的。

---

① 有删改。

第五章 四方食事，人间烟火

福州海味，在春三二月间，最流行而最肥美的，要算来自长乐的蚌肉，与海滨一带多有的蛎房。《闽小纪》里所说的西施舌，不知是否指蚌肉而言；色白而腴，味脆且鲜，以鸡汤煮得适宜，长圆的蚌肉，实在是色香味俱佳的神品。听说从前有一位海军当局者，老母病剧，颇思乡味；远在千里外，欲得一蚌肉，以解死前一刻的渴慕，部长纯孝，就以飞机运蚌肉至都。从这一件轶事看来，也可想见这蚌肉的风味了；我这一回赶上福州，正及蚌肉上市的时候，所以红烧白煮，吃尽了几百个蚌，总算也是此生的豪举，特笔记此，聊志口福。

蛎房并不是福州独有的特产，但福建的蛎房，却比江浙沿海一带所产的，特别的肥嫩清洁。正二三月间，沿路的摊头店里，到处都堆满着这淡蓝色的水包肉；价钱的廉，味道的鲜，比到东坡在岭南所贪食的蚝，当然只会得超过。可惜苏公不曾到闽海去谪居，否则，阳羡之田，可以不买，苏氏子孙，或将永寓在三山二塔之下，也说不定。福州人叫蛎房作"地衣"（dia，连读——编者），略带"挨"字的尾声，写起字来，我想只有"蚳"字，可以当得。

在清初的时候，江瑶柱似乎还没有现在那么的通行，所以周亮工再三地称道，誉为逸品。在目下的福州，江瑶柱却并没有人提起了，鱼翅席上，缺少不得的，倒是一种类似宁波横脚蟹的蟳蟹，福州人叫作"新恩"，《闽小纪》里所说的虎蟳，大约就是此物。据福州人说，蟳肉最滋补，也最容易消化，所以产妇病人以有体弱的人，往往爱吃。但由对蟹类素无好感的我看来，却仍赞成周亮工之言，终觉得质粗味劣，远不及蚌与蛎房或香螺的来得干脆。

福州海味的种类，除上述的三种以外，原也很多很多；但是别地方也有，我们平常在上海也常常吃得到的东西，记下来也没有什么价值，所以不说。至于与海错相对的山珍哩，却更是可以干制，可以输出的东西，益发的没有记述的必要了，所以在这里只想说一说叫作肉燕的那一种奇异的包皮。

初到福州，打从大街小巷里走过，看见好些店家，都有一个大砧头摆在店中；一两位壮强的男子，拿了木锥，只在对着砧上的一大块猪肉，一下一下的死劲地敲。把猪肉这样的乱敲乱打，究竟算什么回事？我每次看见，总觉得奇怪；后来向福州的朋友一打听，才知道这就是制肉燕的原料了。所谓肉燕者，就是将猪肉打得粉烂，和入面粉（实为"地瓜粉"——编者），然后再制成皮子，如包馄饨的外皮一样，用以来包制菜蔬的东西。听说这物事在福建，也只是福州独有的特产。

福州食品的味道，大抵重糖；有几家真正福州馆子里烧出来的鸡鸭四件，简直是同蜜饯的罐头一样，不杂入一粒盐花。

第五章 四方食事，人间烟火

因此福州人的牙齿，十人九坏。有一次去看三赛乐的闽剧，看见台上演戏的人，个个都是满口金黄；回头更向左右的观众一看，妇女子的嘴里也大半镶着全副的金色牙齿。于是天黄黄，地黄黄，弄得我这一向就痛恨金牙齿的偏执狂者，几乎想放声大哭，以为福州人故意在和我捣乱。

将这些脱嫌糖重的食味除起，若论到酒，则福州的那一种土黄酒，也还勉强可以喝得。周亮工所记的玉带春、梨花白、蓝家酒、碧霞酒、莲须白、河清、双夹、西施红、状元红等，我都不曾喝过，所以不敢品评。只有会城各处在卖的鸡老（酪）酒，颜色却和绍酒一样的红似琥珀，味道略苦，喝多了觉得头痛。听说这是以一生鸡，悬之酒中，等鸡肉鸡骨都化了后，然后开坛饮用的酒，自然也是越陈越好。福州酒店外面，都写酒库两字，发卖叫发扛，也是新奇得很的名称。以红糟酿的甜酒，味道有点像上海的甜白酒，不过颜色桃红，当是西施红等名目出处的由来。莆田的荔枝酒，颜色深红带黑，味甘甜如西班牙的宝德红葡萄，虽则名贵，但我却终不喜欢。福州一般宴客，喝的总还是绍兴花雕，价钱极贵，斤量又不足，而酒味也淡似沪杭各地，我觉得建庄终究不及京庄。

福州的水果花木，终年不断；橙柑、福橘、佛手、荔枝、龙眼、甘蔗、香蕉，以及茉莉、兰花、橄榄等等，都是全国闻名的品物；好事者且各有谱谍之著，我在这里，自然可以不说。

闽茶半出武夷，就是不是武夷之产，也往往借这名山为号召。铁罗汉，铁观音的两种，为茶中柳下惠，非红非绿，略带赭色；酒醉之后，喝它三杯两盏，头脑倒真能清醒一下。其他若龙团玉乳，大约名目总也不少，我不恋茶娇，终是俗客，深恐品评失当，贻笑大方，在这里只好轻轻放过。

从《闽小纪》中的记载看来，番薯似乎还是福建人开始从南洋运来的代食品；其后因种植的便利，食味的甘美，就流传到内地去了；这植物传播到中国来的时代，只在三百年前，是明末清初的时候，因亮工所记如此，不晓得究竟是否确实。不过福建的米麦，向来就说不足，现在也须仰给于外省或台湾，但田稻倒又可以一年两植。而福州正式的酒席，大抵总不吃饭散场，因为菜太丰盛了，吃到后来，总已个个饱满，用不着再以饭颗来充腹之故。

饮食处的有名处所，城内为树春园、南轩、河上酒家、可然亭等。味和小吃，亦佳且廉；仓前的鸭面，南门兜的素菜与牛肉馆，鼓楼西的水饺子铺，都是各有长处的小吃处；久吃了自然不对，偶尔去一试，倒也别有风味。城外在南台的西菜馆，有嘉宾、西宴台、法大、西来，以及前临闽江，内设戏台的广聚楼等。洪山桥畔的义心楼，以吃形同比目鱼的贴沙鱼著名；

第五章 四方食事，人间烟火

仓前山的快乐林，以吃小盘西洋菜见称，这些当然又是菜馆中的别调。至如我所寄寓的青年会食堂，地方精洁宽广，中西菜也可以吃吃，只是不同耶稣的飨宴十二门徒一样，不许顾客醉饮葡萄酒浆，所以正式请客，大感不便。

此外则福建特有的温泉浴场，如汤门外的百合、福龙泉，飞机场的乐天泉等，也备有饮馔供客；浴客往往在这些浴场里可以鬼混一天，不必出外去买酒买食，却也便利。从前听说更可以在个人池内男女同浴，则饮食男女，就不必分求，一举竟可以两得了。

要说福州的女子，先得说一说福建的人种。大约福建土著的最初老百姓，为南洋近边的海岛人种；所以面貌习俗，与日本的九州一带，有点相像。其后汉族南下，与这些土人杂婚，就成了无诸种族，系在春秋战国，吴越争霸之后。到得唐朝，大兵入境；相传当时曾杀尽了福建的男子，只留下女人，以配光身的兵士；故而直至现在，福州人还呼丈夫为"唐晡人"，晡者系日暮袭来的意思，同时女人的"诸娘仔"之名，也出来了。还有现在东门外北门外的许多女农妇，头上仍带着三把银刀似的簪为发饰，俗称她们作三把刀，据说犹是当时的遗制。因为她们的父亲丈夫儿子，都被外来的征服者杀了；她们誓死不肯从敌，故而时时带着三把刀在身边，预备复仇。只今台湾的福建籍妓女，听说也是一样；亡国到了现在，也已经有好多年了，而她们却仍不肯与日本的嫖客同宿。若有人破此旧习，而与日本嫖客同宿一宵者，同人中就视作禽兽，耻不与伍，这又是多么悲壮的一幕惨剧！谁说犹唱后庭花处，商女都不知家国的兴亡哩！试看汉奸到处卖国，而妓女乃不肯辱身，其间相去，又岂只泾渭的不同？

因为福州人种的血统，有这种种的沿革，所以福建人的面貌，和一般中原的汉族，有点两样。大致广颡深眼，鼻子与颧骨高突，两颊深陷成窝，下额部也稍稍尖凸向前。这一种面相，生在男人的身上，倒也并不觉得特别；但一生在女人的身上，高突部为嫩白的皮肉所调和，看起来却个个都线条刻划分明，像是希腊古代的雕塑人形了。福州女人的另一特点，是在她们的皮色的细白。生长在深闺中的宦家小姐，不见天日，白腻原也应该；最奇怪的，却是那些住在城外的工农佣妇，也一例地有着那种嫩白微红，像刚施过脂粉似的皮肤。大约日夕灌溉的温泉浴是一种关系，吃在闽江江水，总也是一种关系。

我们从前没有居住过福建，心目中总只以为福建人种，是一种蛮族。后来到了那里，和他们的文化一接触，才晓得他们虽则开化得较迟，但进步得却很快；又因为东南是海港的关系，中西文化的交流，也比中原僻地为频繁，所以闽南的有些都市，

第五章 四方食事，人间烟火

简直繁华摩登得可以同上海来争甲乙。及至观察稍深，一移目到了福州的女性，更觉得她们的美的水准，比苏杭的女子要高好几倍；而装饰的入时，身体的康健，比到苏州的小型女子，又得高强数倍都不止。

"天生丽质难自弃"，表露欲，装饰欲，原是女性的特嗜；而福州女子所有的这一种显示本能，似乎比什么地方的人还要强一点。因而天晴气爽，或岁时伏腊，有迎神赛会的关头，南大街，仓前山一带，完全是美妇人披露的画廊。眼睛个个是灵敏深黑的，鼻梁个个是细长高突的，皮肤个个是柔嫩雪白的；此外还要加上以最摩登的衣饰，与来自巴黎纽约的化装品的香雾与红霞，你说这幅福州晴天午后的全景，美丽不美丽？迷人不迷人？

一九三六年六月二日

第六章　几时归去,作个闲人

不完满才是人生　　/季羡林

每个人都争取一个完满的人生。然而，自古及今，海内海外，一个百分之百完满的人生是没有的。所以我说，不完满才是人生。

关于这一点，古今的民间谚语，文人诗句，说到的很多很多。最常见的比如苏东坡的词："人有悲欢离合，月有阴晴圆缺，此事古难全。"南宋方岳（根据吴小如先生考证）诗句："不如意事常八九，可与人言无二三。"这都是我们时常引用的，脍炙人口的。类似的例子还能够举出成百上千来。

这种说法适用于一切人，旧社会的皇帝老爷子也包括在里面。他们君临天下，"率土之滨，莫非王土"，可以为所欲为，杀人灭族，小事一端，按理说，他们不应该有什么不如意的事。然而，实际上，王位继承，宫廷斗争，比民间残酷万倍。他们威仪俨然地坐在宝座上，如坐针毡。虽然捏造了"龙驭上宾"

这种神话,他们自己也并不相信。他们想方设法以求得长生不老,他们最怕"一旦魂断,宫车晚出"。连英主如汉武帝、唐太宗之辈也不能"免俗"。汉武帝造承露金盘,妄想饮仙露以长生;唐太宗服印度婆罗门的灵药,期望借此以不死。结果,事与愿违,仍然是"龙驭上宾"呜呼哀哉了。

在这些皇帝手下的大臣们,"一人之下,万人之上",权力极大,骄纵恣肆,贪赃枉法,无所不至。在这一类人中,好东西大概极少,否则包公和海瑞等决不会流芳千古,久垂宇宙了。可这些人到了皇帝跟前,只是一个奴才,常言道:伴君如伴虎,可见他们的日子并不好过。据说明朝的大臣上朝时在笏板上夹带一点鹤顶红,一旦皇恩浩荡,钦赐极刑,连忙用舌尖舔一点鹤顶红,立即涅槃,落得一个全尸。可见这一批人的日子也并不好过,谈不到什么完满的人生。

至于我辈平头老百姓,日子就更难过了。建国前后,不能说没有区别,可是一直到今天,仍然是"不如意事常八九"。早晨在早市上被小贩"宰"了一刀;在公共汽车上被扒手割了包,踩了人一下,或者被人踩了一下,根本不会说"对不起"了,代之以对骂,或者甚至演出全武行。到了商店,难免买到假冒伪劣的商品,又得生一肚子气。谁能说,我们的人生多是完满的呢?

第六章 几时归去，作个闲人

再说到我们这一批手无缚鸡之力的知识分子，在历史上一生中就难得过上几天好日子。只一个"考"字，就能让你谈"考"色变。"考"者，考试也。在旧社会科举时代，"千军万马独木桥"，要上进，只有科举一途，你只需读一读吴敬梓的《儒林外史》，就能淋漓尽致地了解到科举的情况。以周进和范进为代表的那一批举人进士，其窘态难道还不能让你胆战心惊、啼笑皆非吗？

现在我们运气好，得生于新社会中。然而那一个"考"字，宛如如来佛的手掌，你别想逃脱得了。幼儿园升小学，考；小学升初中，考；初中升高中，考；高中升大学，考；大学毕业想当硕士，考；硕士想当博士，考。考，考，考，变成烤，烤，烤；一直到知命之年，厄运仍然难免，现代知识分子落到这一张密而不漏的天网中，无所逃于天地之间，我们的人生还谈什么完满呢？

灾难并不限于知识分子，"人人有一本难念的经"，所以我说"不完满才是人生"。这是一个"平凡的真理"；但是真能了解其中的意义，对己对人都有好处。对己，可以不烦不躁；对人，可以互相谅解。这会大大地有利于整个社会的安定团结。

一九九八年八月二十日

八十述怀   /季羡林

我从来没有想到，我能活到八十岁；如今竟然活到了八十岁，然而又一点也没有八十岁的感觉。岂非咄咄怪事！

我向无大志，包括自己活的年龄在内。我的父母都没能活过五十；因此，我自己的原定计划是活到五十。这样已经超过了父母，很不错了。不知怎么一来，宛如一场春梦，我活到了五十岁。那时正值所谓三年自然灾害。我流年不利，颇挨了一阵子饿。但是，我是"曾经沧海难为水"，在二次世界大战时，我正在德国，我经受了而今难以想象的饥饿的考验，以致失去了饱的感觉。我们那一点灾害，同德国比起来，真如小巫见大巫；我从而顺利地度过了那一场灾难，而且我当时的精神面貌是我一生最好的时期，一点苦也没有感觉到，于不知不觉中冲破了我原定的年龄计划，渡过了五十岁大关。

五十一过，又仿佛一场春梦似的，一下子就到了古稀之年，

第六章 几时归去,作个闲人

不容我反思,不容我踟蹰。其间跨越了一个"十年浩劫"。我当然是在劫难逃,被送进牛棚。我现在不知道应当感谢哪一路神灵:佛祖、上帝、安拉,由于一个万分偶然的机缘,我没有走上绝路,活下来了。活下来了,我不但没有感到特别高兴,反而时有悔愧之感在咬我的心。活下来了,也许还是有点好处的。我一生写作翻译的高潮,恰恰出现在这个期间。原因并不神秘:我获得了余裕和时间。在浩劫期间,我被打得一佛出世,二佛升天。后来不打不骂了,我却变成了"不可接触者"。在很长时间内,我被分配淘大粪,看门房,守电话,发信件。没有以前的会议,没有以前的发言。没有人敢来找我,很少人有勇气同我谈上几句话。一两年内,没收到一封信。我服从任何人的调遣与指挥,只敢规规矩矩,不敢乱说乱动。然而我的脑筋还在,我的思想还在,我的感情还在,我的理智还在。我不甘心成为行尸走肉,我必须干点事情。二百多万字的印度大史诗《罗摩衍那》,就是在这时候译完的。"雪夜闭门写禁文",自谓此乐不减羲皇上人。

又仿佛是一场缥缈的春梦,一下子就活到了今天,行年八十矣,是古人称之为耄耋之年了。倒退二三十年,我这个在寿命上胸无大志的人,偶尔也想到耄耋之年的情况:手拄拐杖,白须飘胸,步履维艰,老态龙钟。自谓这种事情与自己无关,所以想得不深也不多。哪里知道,自己今天就到了这个年龄了。今天是新年元旦。从夜里零时起,自己已是不折不扣的八十老翁了。然而这老景却真如古人诗中所说的"青霭入看无",我看不到什么老景。看一看自己的身体,平平常常,同过去一样。看一看周围的环境,平平常常,同过去一样。金色的朝阳从窗子里流了进来,平平常常,同过去一样。楼前的白杨,确实粗了一点,但看上去也是平平常常,同过去一样。时令正是冬天,叶子落尽了,但是我相信,它们正蜷缩在土里,做着春天的梦。水塘里的荷花只剩下残叶,"留得残荷听雨声",现在雨没有了,上面只有白皑皑的残雪。我相信,荷花们也蜷缩在淤泥中,做着春天的梦。总之,我还是我,依然故我;周围的一切也依然是过去的一切……

我是不是也在做着春天的梦呢?我想,是的。我现在也处在严寒中,我也梦着春天的到来。我相信英国诗人雪莱的两句话:"既然冬天已经到了,春天还会远吗?"我梦着楼前的白杨重新长出了浓密的绿叶;我梦着池塘里的荷花重新冒出了淡绿的大叶子;我梦着春天又回到了大地上。

可是我万万没有想到,"八十"这个数字竟有这样大的威力,一种神秘的威力。"自己已经八十岁了!"我吃惊地暗自思忖。它逼迫着我向前看一看,又回头看一看。向前看,灰蒙蒙的一团，路不清楚，但也不是很长。确实没有什么好看的地方。不看也罢。

而回头看呢，则在灰蒙蒙的一团中，清晰地看到了一条路，路极长，是我一步一步地走过来的，这条路的顶端是在清平县的官庄。我看到了一片灰黄的土房，中间闪着苇塘里的水光，还有我大奶奶和母亲的面影。这条路延伸出去，我看到了泉城的大明湖。这条路又延伸出去，我看到了水木清华，接着又看到德国小城哥廷根斑斓的秋色，上面飘动着我那母亲似的女房东和祖父似的老教授的面影。路陡然又从万里之外折回到神州大地，我看到了红楼，看到了燕园的湖光塔影。令人泄气而且大煞风景的是，我竟又看到了牛棚的牢头禁子那一副牛头马面似的狞恶的面孔。再看下去，路就缩住了，一直缩到我的脚下。

在这一条十分漫长的路上，我走过阳关大道，也走过独木小桥。路旁有深山大泽，也有平坡宜人；有杏花春雨，也有塞北秋风；有山重水复，也有柳暗花明；有迷途知返，也有绝处逢生。路太长了，时间太长了，影子太多了，回忆太重了。我真正感觉到，我负担不了，也忍受不了，我想摆脱掉这一切，还我一个自由自在身。

回头看既然这样沉重，能不能向前看呢？我上面已经说到，向前看，路不是很长，没有什么好看的地方。我现在正像鲁迅的散文诗《过客》中的那一个过客。他不知道是从什么地方走来的,终于走到了老翁和小女孩的土屋前面,讨了点水喝。老翁看他已经疲惫不堪,劝他休息一下。他说:"从我还能记得的时候起,我就在这么走,要走到一个地方去,这地方就在前面。我单记得走了许多路,现在来到这里了。我接着就要走向那边去……况且还有声音在前面催促我,叫唤我,使我息不下。"那边,西边是什么地方呢?老人说:"前面,是坟。"小女孩说:"不,不,不的。那里有许多野百合,野蔷薇,我常常去玩,去看他们的。"

我理解这个过客的心情,我自己也是一个过客。但是却从来没有什么声音催着我走,而是同世界上任何人一样,我是非走不行的,不用催促,也是非走不行的。走到什么地方去呢?走到西边的坟那里,这是一切人的归宿。我记得屠格涅夫的一首散文诗里,也讲了这个意思。我并不怕坟,只是在走了这么长的路以后,我真想停下来休息片刻。然而我不能,不管你愿意不愿意,反正是非走不行。聊以自慰的是,我同那个老翁还不一样,有的地方颇像那个小女孩,我既看到了坟,也看到野百合和野蔷薇。

我面前还有多少路呢?我说不出,也没有仔细想过。冯友兰先生说:"何止于米?相期以茶。""米"是八十八岁,"茶"

第六章　几时归去，作个闲人

是一百零八岁。我没有这样的雄心壮志。我是"相期以米"。这算不算是立大志呢？我是没有大志的人，我觉得这已经算是大志了。

我从前对穷通寿夭也是颇有一些想法的。"十年浩劫"以后，我成了陶渊明的志同道合者。他的一首诗，我很欣赏：

纵浪大化中，
不喜亦不惧。
应尽便须尽，
无复独多虑。

我现在就是抱着这种精神，昂然走上前去。只要有可能，我一定做一些对别人有益的事，绝不想成为行尸走肉。我知道，未来的路也不会比过去的更笔直，更平坦，但是我并不恐惧。我眼前还闪动着野百合和野蔷薇的影子。

一九九一年一月一日

"住"的梦　　/ 老舍

在北平与青岛住家的时候,我永远没想到过:将来我要住在什么地方去。在乐园里的人或者不会梦想另辟乐园吧。

在抗战中,在重庆与它的郊区住了六年。这六年的酷暑重雾,和房屋的不像房屋,使我会作梦了。我梦想着抗战胜利后我应去住的地方。

不管我的梦想能否成为事实,说出来总是好玩的:

春天,我将要住在杭州。二十年前,我到过杭州,只住了两天。那是旧历的二月初,在西湖上我看见了嫩柳与菜花,碧浪与翠竹。山上的光景如何?没有看到。三四月的莺花山水如何,也无从晓得。但是,由我看到的那点春光,已经可以断定杭州的春天必定会教人整天生活在诗与图画中的。所以,春天我的家应当是在杭州。

夏天,我想青城山应当算作最理想的地方。在那里,我虽

第六章　几时归去，作个闲人

然只住过十天，可是它的幽静已拴住了我的心灵。在我所看见过的山水中，只有这里没有使我失望。它并没有什么奇峰或巨瀑，也没有多少古寺与胜迹，可是，它的那一片绿色已足使我感到这是仙人所应住的地方了。到处都是绿，而且都是像嫩柳那么淡，竹叶那么亮，蕉叶那么润，目之所及，那片淡而光润的绿色都在轻轻地颤动，仿佛要流入空中与心中去似的。这个绿色会像音乐似的，涤清了心中的万虑，山中有水，有茶，还有酒。早晚，即使在暑天，也须穿起毛衣。我想，在这里住一夏天，必能写出一部十万到二十万字的小说。

假若青城去不成，求其次者才提到青岛。我在青岛住过三年，很喜爱它。不过，春夏之交，它有雾，虽然不很热，可是相当的湿闷。再说，一到夏天，游人来的很多，失去了海滨上的清静。美而不静便至少失去一半的美。最使我看不惯的是那些喝醉的外国水兵与差不多是裸体的，而没有曲线美的妓女。秋天，游人都走开，这地方反倒更可爱些。

不过，秋天一定要住北平。天堂是什么样子，我不晓得，但是从我的生活经验去判断，北平之秋便是天堂。论天气，不冷不热。论吃食，苹果，梨，柿，枣，葡萄，都每样有若干种。至于北平特产的小白梨与大白海棠，恐怕就是乐园中的禁果吧，连亚当与夏娃见了，也必滴下口水来！果子而外，羊肉正肥，高粱红的螃蟹刚好下市,而良乡的栗子也香闻十里。论花草,菊花种类之多,花式之奇,可以甲天下。西山有红叶可见,北海可以划船——虽然荷花已残,荷叶可还有一片清香。衣食住行,在北平的秋天,是没有一项不使人满意的。即使没有余钱买菊吃蟹,一两毛钱还可以爆二两羊肉,弄一小壶佛手露啊!

冬天,我还没有打好主意,香港很暖和,适于我这贫血怕冷的人去住,但是"洋味"太重,我不高兴去。广州,我没有到过,无从判断。成都或者相当的合适,虽然并不怎样和暖,可是为了水仙,素心蜡梅,各色的茶花,与红梅绿梅,仿佛就受一点寒冷,也颇值得去了。昆明的花也多,而且天气比成都好,可是旧书铺与精美而便宜的小吃食远不及成都的那么多,专看花而没有书读似乎也差点事。好吧,就暂时这么规定:冬天不住成都便住昆明吧。

在抗战中,我没能发了国难财。我想,抗战结束以后,我必能阔起来,唯一的原因是我是在这里说梦。既然阔起来,我就能在杭州,青城山,北平,成都,都盖起一所中式的小三合房,自己住三间,其余的留给友人们住。房后都有起码是二亩大的一个花园,种满了花草;住客有随便折花的,便毫不客气地赶出去。青岛与昆明也各建小房一所,作为候补住宅。各处的小宅,不管是什么材料盖成的,一律叫作"不会草堂"——

在抗战中,开会开够了,所以永远"不会"。

那时候,飞机一定很方便,我想四季搬家也许不至于受多大苦处的。假若那时候飞机减价,一二百元就能买一架的话,我就自备一架,择黄道吉日慢慢地飞行。

闲居　　/ 丰子恺

闲居，在生活上人都说是不幸的，但在情趣上我觉得是最快适的了。假如国民政府新定一条法律："闲居必须整天禁锢在自己的房间里"，我也不愿出去干事，宁可闲居而被禁锢。

在房间里很可以自由取乐；如果把房间当作一幅画看的时候，其布置就如画的"置陈"了。譬如书房，主人的座位为全局的主眼，犹之一幅画风中的 middle point（中心点），须居全幅中最重要的地位。其他自书架、几、椅、藤床、火炉、壁饰、自鸣钟，以至痰盂、纸篓等，各以主眼为中心而布置，使全局的焦点集中于主人的座位，犹之画中的附属物、背景，均须有护卫主物，显衬主物的作用。这样妥帖之后，人在里面，精神自然安定，集中，而快适。这是谁都懂得，谁都可以自由取乐的事。虽然有的人不讲究自己的房间的布置，然走进一间布置很妥帖的房间，一定谁也觉得快适。这可见人人都会鉴赏，鉴

第六章 几时归去，作个闲人

赏就是被动的创作，故可说这是谁也懂得，谁也可以自由取乐的事。

我在贫乏而粗末①的自己的书房里，常常欢喜作这个玩意儿。把几件粗陋的家具搬来搬去，一月中总要搬数回。搬到痰盂不能移动一寸，脸盆架子不能旋转一度的时候，便有很妥帖的位置出现了。那时候我自己坐在主眼的座上，环视上下四周，君临一切。觉得一切都朝宗于我，一切都为我尽其职司，如百官之朝天，众星之拱北辰。就是墙上一只很小的钉，望去也似乎居相当的位置，对全体为有机的一员，对我尽专任的职司。我统御这个天下，想象南面王的气概，得到几天的快适。

有一次我闲居在自己的房间里，曾经对自鸣钟寻了一回开心。自鸣钟这个东西，在都会里差不多可说是无处不有，无人不备的了。然而它这张脸皮，我看惯了真讨厌得很。罗马字的还算好看；我房间里的一只，又是粗大的数学码子的。数学的九个字，我见了最头痛，谁愿意每天做数学呢！有一天，大概是闲日月中的闲日，我就从墙壁上请它下来，拿油画颜料把它的脸皮涂成天蓝色，在上面画几根绿的杨柳枝，又用硬的黑纸剪成两只飞燕，用糨糊黏在两只针的尖头上。这样一来，就变成了两只燕子飞逐在杨柳中间的一幅圆额的油画了。凡在三点

---

①意为简陋，编者注。

晴耕雨读,得闲饮茶

二十几分,八点三十几分等时候,画的构图就非常妥帖,因为两只飞燕适在全幅中稍偏的位置,而且追随在一块,画面就保住均衡了。辨识时间,没有数目字也是很容易的:针向上垂直为十二时,向下垂直为六时,向左水平为九时,向右水平为三时。这就是把圆周分为四个quarter(一刻钟),是肉眼也很容易办到的事。一个quarter里面平分为三格,就得长针五分钟的距离了,虽不十分容易正确,然相差至多不过一两分钟,只要不是天文台、电报局或火车站里,人家家里上下一两分钟本来是不要紧的。倘眼睛锐利一点,看惯之后,其实半分钟也是可以分明辨出的。这自鸣钟现在还挂在我的房间里,虽然惯用之后不甚新颖了,然终不觉得讨厌,因为它在壁上不是显明的实用的一只自鸣钟,而可以冒充一幅油画。

除了空间以外,闲居的时候我又欢喜把一天的生活的情调来比方音乐。如果把一天的生活当作一个乐曲,其经过就像乐章(movement)的移行了。一天的早晨,晴雨如何?冷暖如何?人事的情形如何?犹之第一乐章的开始,先已奏出全曲的根柢的"主题"(theme)。一天的生活,例如事务的纷忙,意外的发生,祸福的临门,犹如曲中的长音阶变为短音阶的,C调变为F调,adagio(柔板)变为allegro(快板),其或昼永人闲,平安无事,那就像始终C调的andante(行板)的长大的乐章了。以气候而论,春日是孟檀尔伸(Mendelsson),夏日是斐德芬(Beethoven),秋日是晓邦(Chopin)、修芒(Schumann),冬日是修斐尔德(Schubert)①。这也是谁也可以感到,谁也可以懂得的事,试看无论什么机关里、团体里,做无论什么事务的人,在阴雨的天气,办事一定不及在晴天的起劲,高兴,积极。如果有不论天气,天天照常办事的人,这一定不是人,是一架机器。只要看挑到我们后门头来卖臭豆腐干的江北人,近来秋雨连日,他的叫声自然懒洋洋地低钝起来,远不如一月以前的炎阳下的"臭豆腐干!"的热辣了。

---

①这五人即门德尔松、贝多芬、肖邦、舒曼、舒伯特。

山水间的生活　　/ 丰子恺

我家迁住白马湖上后三天，我在火车中遇见一个朋友，对我这样说："山水间虽然清静，但物质的需要不便之外，住家不免寂寞，办学校不免闭门造车，有利亦有弊。"我当时对于这话就起一种感想，后来忙中就忘却了。

现在春晖在山水间已生活了近一年了，我的家庭在山水间已生活了一月多了。我对于山水间的生活，觉得有意义，又想起了火车中的友人的话。写出我的几种感想在下面。

我曾经住过上海，觉得上海住家，邻人都是不相往来，而且敌视的。我也曾做过上海的学校教师，觉得上海的繁华和文明，能使聪明的明白人得到暗示和觉悟，而使悟力薄弱的人收到很恶的影响。我觉得上海虽热闹，实在寂寞，山中虽冷静，实在热闹，不觉得寂寞。就是上海是骚扰的寂寞，山中是清静的热闹。

第六章 几时归去，作个闲人

在火车里的几小时，是在这社会里四五十年的人生的缩图。座位被占、提包被偷等恐慌，就是生活恐慌的缩形。倘嫌山水间的生活的寂寞，而慕都会的热闹，犹之在只乘四五个相熟的人的火车里嫌寂寞，要望别的拥挤着的车子里去。如果有这样的人，他定是要描写拥挤的车子而去观察的小说家，否则是想图利去的pickpocket（扒手）。

我在教授图画唱歌的时候，觉得以前曾在别处学过图画唱歌的人最难教授，全然没有学过的人容易指导。同样，我觉得在社会里最感到困难的是"因袭的打破难"。许多学校风潮，许多家庭悲剧，许多恶劣的人类分子，都是"因袭的罪恶"，何尝是人间本身的不良。因袭好比遗传，永不断绝。新文化一次输入因袭旧恶的社会里，仿佛注些花露水在粪里，气味更难当。再输入一次，仿佛在这花露水和粪里再注入些香油，又变一种臭气。我觉得无论什么改造，非先除去因袭的恶弊终归越弄越坏。在山水间的学校和家庭，不拘何等孤僻，何等少见闻，何等寂寥，"因袭的传染的隔远"和"改造的容易入手"是实实在在的事实。

我从前往往听见人讲到子弟求学或职业等问题，都说"总要出上海"，听者带着一种对于将来生活的恐慌的自警的态度默应着。把这等话的心理解剖起来，里面含着这样的几个要素：

晴耕雨读，得闲饮茶

（一）上海确是文明地，冠盖之区，要路津。（二）少年应当策高足，先据这要路津。（三）这就是吾人应走的前途。所谓闭门造车，也是具有这样的内容的话。怀着这样的思想的人，是因袭的奴隶，是因袭的维持者。

闭门造车，是指说不符合门外的轨道的大小，造了不能在门外的轨道上运行的车。行车一定要在已成的轨道上吗？这已成的轨道确是引导我们走正路的吗？有了车不能造轨道的吗？在这"闭门造车"一句话里，分明表示着人们的依赖、因袭和创造力多么薄弱。

不造则已，如果要造车，一定非闭门造不可。如果依照已成的轨道而造，所造出的车子和以前已有的车子一样，就在已成的轨道上随波逐流地去了。即使已有的车子是好的，已成的轨道是正的，造车的效力也不过加多了车，不是造车的进步。何况已有的车子或者不好，已成的轨道或者不正呢。

"好久不到都会了，好久不看报了，退步了。"这样说的人也有。实在，进步是前进的意思，进步越快，离社会越远，离社会越远，进步越深（这是厨川白村说的）。子路[①]说道："吾过矣，吾离群而索居，亦已久矣。"这便是子路所以为子路。

"山水间生活，有利亦有弊"，这大概是指清静、空气新鲜、

[①]此处似为子夏所说，恐为丰子恺误作，编者注。

生活程度低等是利。需要不便、寂寞、闭门造车等是弊。这是要计较两方的利弊长短而取舍的意思。这话的内容和"新思想并不恶、时势变更了不得已而然的。但从前的习惯一概不好，也不能说"的话同是乡愿的话。

这话的变形，就是"凡物都有明暗两方面的"。这话固然不错，但我觉得明暗是一体的。非但如此，明是因为有暗而益明的。仿佛绘画，明调子因暗调子而益美，暗调子因明调子而也美了。断不是明面好，暗面不好。如果取明而弃暗，就是Ruskin（罗斯金）所谓："自然像日光和阴影相交一般混合着优劣两种要素，使双方相互地供给效用和势力的。所以除去阴影的画家，定要在他自己造出来的无荫的沙漠里烧死！"

爱一物，是兼爱它的明暗两方面。否，没有暗的明是不明的，是不可爱的。我往往觉得山水间的生活，因为需要不便而菜根更香，豆腐更肥。因为寂寥而邻人更亲。

且勿论都会的生活与山水间的生活孰优孰劣，孰利孰弊。人生随处皆不满，欲图解脱，唯于艺术中求之。

一九二三年五月十四日在小杨柳屋

闲暇 /梁实秋

英国十八世纪的笛福,以《鲁滨逊漂流记》一书闻名于世,其实他写小说是在近六十岁才开始的,他以前的几十年写作差不多全是以新闻记者的身份所写的散文。

最早的一本书一六九七年刊行的《设计杂谈》(An Essay upon Projects)是一部逸趣横生的奇书,我现在不预备介绍此书的内容,我只要引其中的一句话:

人乃是上帝所创造的最不善于谋生的动物;没有别的一种动物曾经饿死过;外界的大自然给它们预备了衣与食;内心的自然本性给它们安设了一种本能,永远会指导它们设法谋取衣食;

但是人必须工作,否则就挨饿,必须做奴役,否则就得死;他固然是有理性指导他,很少人服从理性指导而沦于这样不幸的状态；但是一个人年轻时犯了错误，以至后来颠沛困苦，没有钱，没有朋友，没有健康，他只好死于沟壑，或是死于一个更恶劣的地方，医院。

这一段话，不可以就表面字义上去了解，须知笛福是一位"反语"大师，他惯说反话。人为万物之灵，谁不知道？事实上在自然界里一大批一大批饿死的是禽兽，不是人。人要适合于理性的生活，要改善生活状态，所以才要工作。笛福本人是工作极为勤奋的人，他办刊物、写文章、做生意，从军又服官，一生忙个不停。就是在这本《设计杂谈》里，他也提出了许多高瞻远瞩的计划，像预言一般后来都一一实现了。

人辛勤困苦地工作，所为何来？夙兴夜寐，胼手胝足，如果纯是为了温饱像蚂蚁蜜蜂一样，那又何贵乎做人？想起罗马皇帝玛可斯奥瑞利阿斯的一段话：

在天亮的时候，如果你懒得起床，要随时作如是想："我要起来，去做一个人的工作。"我生来就是为了做那工作的，我来到世间就是为了做那工作的，那么现在就去做那工作又有什么可怨的呢？我既是为了这工作而生的，那么我应该蜷卧在被窝里取暖吗？"被窝里较为舒适呀。"

那么你是生来为了享乐的吗？简言之，我且问汝，你是被动地还是主动地要有所作为？试想每一个小的植物，每一小鸟、蚂蚁、蜘蛛、蜜蜂，它们是如何地勤于操作，如何地克尽厥职，以组成一个有秩序的宇宙。那么你可以拒绝去做一个人的工作吗？自然命令你做的事还不赶快地去做吗？"但是一些休息也是必要的呀。"这我不否认。

但是根据自然之道，这也要有个限制，犹如饮食一般。你已经超过限制了，你已经超过足够的限量了。但是讲到工作你却不如此了；多做一点你也不肯。

这一段策励自己勉力工作的话，足以发人深省，其中"以组成一个有秩序的宇宙"一语至堪玩味。使我们不能不想起古罗马的文明秩序是建立在奴隶制度之上的。

有劳苦的大众在那里辛勤地操作，解决了大家的生活问题，然后少数的上层社会人士才有闲暇去做"人的工作"。大多数人是蚂蚁、蜜蜂，少数人是人。做"人的工作"需要有闲暇。所谓闲暇，不是饱食终日无所用心之谓，是免于蚂蚁、蜜蜂般的工作之谓。养尊处优，嬉邀惰慢，那是蚂蚁、蜜蜂之不如，还能算人！

靠了逢迎当道，甚至为虎作伥，而猎取一官半职或是分享

第六章　几时归去，作个闲人

一些残羹冷炙，那是帮闲或是帮凶，都不是人的工作。奥瑞利阿斯推崇工作之必要，话是不错，但勤于操作亦应有个限度，不能像蚂蚁、蜜蜂那样地工作。劳动是必需的，但劳动不应该是终极的目标。而且劳动亦不应该由一部分负担而令另一部分坐享其成果。

人类最高理想应该是人人能有闲暇，于必须的工作之余还能有闲暇去做人，有闲暇去做人的工作，去享受人的生活。

我们应该希望人人都能属于"有闲阶级"。有闲阶级如能普及于全人类，那便不复是罪恶。人在有闲的时候才最像是一个人。手脚相当闲，头脑才能相当地忙起来。我们并不向往六朝人那样萧然若神仙的样子，我们却企盼人人都能有闲去发展他的智慧与才能。

无事此静坐 /汪曾祺

我的外祖父治家整饬,他家的房屋都收拾得很清爽,窗明几净。他有几间空房,檐外有几棵梧桐,室内有木榻、漆桌、藤椅,这是他待客的地方。但是他的客人很少,难得有人来。这几间房子是朝北的,夏天很凉快。南墙挂着一条横幅,写着五个正楷大字:

无事此静坐

我很欣赏这五个字的意思。稍大后,知道这是苏东坡的诗,下面的一句是:

一日当两日

事实上，外祖父也很少到这里来。倒是我常常拿了一本闲书，悄悄走进去，坐下来一看半天，看起来，我小小年纪，就已经有一点儿隐逸之气了。

静，是一种气质，也是一种修养。诸葛亮云："非淡泊无以明志，非宁静无以致远。"心浮气躁，是成不了大气候的。静是要经过锻炼的，古人叫做"习静"。唐人诗云："山中习静朝观槿，松下清斋折露葵。""习静"可能是道家的一种功夫，习于安静确实是生活于扰攘的尘世中人所不易做到的。静，不是一味地孤寂，不闻世事。我很欣赏宋儒的诗："万物静观皆自得，四时佳兴与人同。"唯静，才能观照万物，对于人间生活充满盎然的兴致。静是顺乎自然，也是合乎人道的。

世界是喧闹的。我们现在无法逃到深山里去，唯一的办法是闹中取静。毛主席年轻时曾采用了几种锻炼自己的方法，一种是"闹市读书"。把自己的注意力高度集中起来，不受外界干扰，我想这是可以做到的。

这是一种习惯，也是环境造成的。我在张家口沙岭子农业科学研究所劳动，和三十几个农业工人同住一屋。他们吵吵闹闹，打着马锣唱山西梆子，我能做到心如止水，照样看书、写文章。我有两篇小说，就是在震耳的马锣声中写成的。这种功夫，多年不用，已经退步了，我现在写东西总还是希望有个比较安静的环境，但也不必一定要到海边或山边的别墅中才能构想。

大概有十多年了，我养成了静坐的习惯。我家有一对旧沙发，有几十年了。我每天早上泡一杯茶，点一支烟，坐在沙发里，坐一个多小时。虽是端然坐，然而浮想联翩。一些故人往事、一些声音、一些颜色、一些语言、一些细节，会逐渐在我的眼前清晰起来、生动起来。这样连续坐几个早晨，想得成熟了，就能落笔写出一点东西。我的一些小说散文，常得之于清晨静坐之中。曾见齐白石一幅小画，画的是淡蓝色的野藤花，有很多小蜜蜂，有颇长的题记，说这是他家的野藤，花时游蜂无数，他有个孙子曾被蜂蜇，现在这个孙子也能画这种藤花了，最后两句我一直记得很清楚"静思往事，如在目底"。这段题记是用金冬心体写的，字画皆极娟好。"静思往事，如在目底"。我觉得这是最好的创作心理状态。就是下笔的时候，也最好心里很平静，如白石老人题画所说："心闲气静时一挥。"

我是个比较恬淡平和的人，但有时也不免浮躁，最近就有点儿如我家乡话所说"心里长草"。我希望政通人和，使大家能安安静静坐下来，想一点儿事，读一点儿书，写一点儿文章。